うちの花嫁が可愛すぎて困る

CROSS NOVELS

真船るのあ
NOVEL:Runoa Mafune

壱也
ILLUST:ichiya

CROSS NOVELS

CONTENTS

CROSS NOVELS

CONTENTS

うちの花嫁が可愛すぎて困る

真船るのあ
Illust 壱也

CROSS NOVELS

空が、青い。

自転車で街を走るには、ちょうどいい気候になってきた。

鳴田千羽矢《なりたちはや》はペダルを漕《こ》ぎながら、深呼吸する。

区の放置自転車を一般に販売するセールで格安で手に入れたこのクロスバイクは、多少ガタはきているものの、まだ充分に乗れる千羽矢の愛車だ。

ゆうべはバイト先のお別れ会で遅かったため少々寝不足で、千羽矢はあくびを嚙《か》み殺す。

天気はいいが、彼の心はいまひとつ晴れない。

千羽矢がバイトしていたレストランチェーン店が、店舗整理のために閉店することになり、貴重な仕事先を失ってしまったばかりだからだ。

——賄《まかな》いつきで、一食浮いて助かってたんだけどなぁ。

もう一つ、ビルの清掃メンテナンスのバイトもしているが、早急に新しいバイト先を探さなければ。

奨学金をもらっている貧乏大学生には、バイトの掛け持ちは当たり前なのだ。

千羽矢は今から約二年前、このH大学に進学するため、長野《ながの》から上京してきた。

父親が小学生の頃に病気で亡くなり、以来母が女手一つで千羽矢を育ててくれた。

そんな母に、少しでも経済的な負担をかけたくなくて、がむしゃらに勉強も頑張った。

この大学に進路を決めたのも、有利な奨学金がもらえるからだった。

住まいは大学にほど近い、築五十年の1Kアパート。

家賃が安く、トイレも共同ではあるが、大家の厚意でシャワールームが無料で使わせてもらえるので上京以来ずっと住み続けている。

今年は、ついに三回生。

そろそろ就職のことも考えなければならないが、このまま東京《とうきょう》に残るか、地元へ帰るのかはまだ決めかねているところだ。

ペダルを漕いでいくと細い路地に入り、緩やかな下り坂になる。

そろそろ大通りに出る手前のところで、千羽矢はいつものようにブレーキをかけた。

が、なぜかまったく効《き》かない。

「え、嘘っ⁉」

突然の事態に焦った千羽矢が正面を見ると、ちょうど左折しようとしている車が目の前に接近していた。

しかも運の悪いことに、一見してわかるイタリア製超高級外車だ。

黒光りする優雅なボディラインのそれは、確か一千万以上するはずで、一気に血の気が引く。

左ハンドルの運転席がみるみるうちに迫ってきて、運転手が驚いたようにこちらを見ているのがわかった。

――あ、あれに突っ込んだら修理代で破産する……っ‼

奨学金をもらっている身の上で、これ以上借金を増やすわけにはいかない。

停まれないなら、と咄嗟《とっさ》にハンドルを切った千羽矢は、ぎりぎりのところで車から進路を逸らし、代わりに道路脇にあったゴミ集積場に突っ込んでしまった。

「うわっ！」

衝撃で自転車ごと転倒したものの、さほど速度が出ていなかったのと、ゴミ袋が自転車のクッション代わりになって軽く尻餅をついた程度で済んだ。

とはいえ、予期せぬ事故に茫然《ぼうぜん》として虚脱していると。

「きみ、大丈夫か⁉」

高級外車の運転手が車から降りてきて、地面に座り込んでいた千羽矢を助け起こしてくれた。

「す、すみませ……」

そこで初めてまともに男性の顔を見た千羽矢は、言葉を失う。

年の頃は、三十を少し出たくらいだろうか。

明るい色にカラーリングされた髪に、シャープな面差し。

切れ長の二重は妙に色っぽく、流し目で見つめられると思わずどぎまぎしてしまう。

顔だけでなく、百八十センチはありそうな長身で、日本人には珍しいほぼ完璧な八頭身だ。

街中で偶然遭遇するには、あまりに秀でた美丈夫《びじょうふ》に、一瞬度肝《どぎも》を抜かれてしまった。

——あれ、この人、どっかで見たことがあるような……？

どこでだったか記憶の糸を辿るが、思い出せない。

これだけのルックスなので、芸能人かなにかなのだろうか。

着ているジャケットやシャツも、ブランド物には縁のない千羽矢が見てもわかるほどの高級品だ。

ぽかんと男性を見つめていると、彼が訝《いぶか》しげに首を傾《かし》げたので、千羽矢ははっと我に返る。

「俺、車傷つけてませんよね⁉　念のため、確認してくださいっ」

なによりそのことが気にかかっていた千羽矢は必死にそう懇願すると、今度は男性の方がそんな千羽矢を見つめ、少し驚いた様子で瞠目《どうもく》した。

「あの……？」

「あ、ああ、大丈夫。どこもぶつかってないよ」

千羽矢を安心させるためか、男性はざっと自分の車を確認してくれた。

「はぁ、よかったぁ……」

心底ほっとしていると、「きみ、もしかして車にぶつけないためにゴミ置き場に突っ込んだの？」

と聞かれる。

「は、はい。こんな高級車の修理代、とても俺には払えないので」

思わず正直に答えてしまうと、男性はかすかに眉をひそめた。

「そういう問題じゃない。命は金には換えられないんだ。修理代なんかどうでもいい。頼むから自分を大切にしてくれ」

その言葉があまりに真剣だったので、一瞬言葉を失う。

「は、はい、すみません……」

確かに、今日はたまたま尻餅をついたくらいで済んだが、下手をすれば大怪我をしていた可能性もあったので、千羽矢はしゅんとする。

日頃、金のことばかり考えて生活しているせいか、心の余裕がなくなっているのかもしれないと反省した。

すると言い過ぎたと思ったのか、男性は千羽矢の自転車を起こし、点検してくれた。

「ブレーキが壊れているようだ。車に乗って。送っていくから」

「え、でも……」

そこまでしてもらうわけには、とためらっているうちに、男性は千羽矢の自転車を折りたたみ、車のボンネットを開けトランクに収納してしまった。

「さぁ、早く」

「す、すみません……」

そこまでされると断るわけにもいかず、千羽矢は恐る恐る助手席へ乗り込む。

なにより、こんな機会でもなければ一生縁のない超高級外車に興味津々で、ついきょろきょろと内装を眺めていると、男性がなぜかため息をついた。

「駄目だよ、知らない男の車に気安く乗っては」

「……は？」

「このまま、ホテルに連れ込まれるかもしれないじゃないか」

「いやいや、あなたが乗れって言ったんですよね？」

思わず全力でそう突っ込みを入れると、イケメンは「僕は紳士だから、大丈夫なんだけどね」

とまるでグラビア雑誌のモデルのごとく完璧な角度で微笑む。

——な、なんかこの人、イケメンだけど変わってるな……。

その完璧なまでのルックスとは裏腹な天然ぶりに、すっかり毒気を抜かれてしまう。

「で、どこへ行くところだったの？」

「あ、この近くのH大です。そこの学生で」

「それは奇遇だ。実は僕もそこへ行く途中だったんだよ」

「え、そうなんですか？」

男性は一見して三十代前半で、どう考えても大学生には見えない。

講師なのかなと千羽矢が考えているうちに、車はH大の正門をくぐり、敷地内へと入っていく。

「来客用駐車場は？」

「あっちです」

千羽矢の道案内で、男性は敷地奥にある、少し離れた来客用駐車場に車を停めた。

「ありがとう、道案内助かったよ。本当にどこも怪我してない？　病院行かなくて大丈夫？」

「はい、平気です。ご迷惑おかけしてすみませんでした」

こちらの自損事故なのに、そこまで心配してくれていい人だなと思っていると、イケメンは「僕のこと、知らない？」と聞いてくる。

そう問われ、なんとなく既視感はあるのだが、やはり思い出せない。

「すみません、見覚えがある気はするんですけど、思い出せなくて。ひょっとして、芸能人の方なんですか？」

そう問い返すと、彼は極上の笑みで「芸能人ではないかな」と答えをはぐらかした。

「じゃ、俺はここで。送ってくれてありがとうございました」

用が済んだので、千羽矢が車を降りようとすると、なぜか腕を摑《つか》んで引き留められ、イケメンが運転席から身を乗り出してきた。

そして、正面からまじまじと千羽矢の顔を凝視する。

「な、なんなんですか？」

困惑し、思わずドアを背に車内の隅で身を縮めると、彼はほぅ、と感嘆の吐息を漏らした。

「なるほど……思った通り、完璧だ」

「……は？」

「人間の顔はね、完全な左右対称ではないんだ。生活しているうちに、自然と歪みが生じてきて、必ずずれてくる。ところがきみは、その歪みがほとんどないんだ。ほぼ完全な左右対称の、実に希有《けう》な美貌《びぼう》だよ」

「は、はぁ……」

——やっぱりこの人、めっちゃ変わってるよ……。

ドン引きの千羽矢は、急いでドアを開けて外へ逃げ出し、敵の手の届かない安全地帯へ避難してから「ひょっとして俺、口説かれてます？」と尋ねた。

「そう思うなら、ご期待に応えようかな」

イケメンも車を降り、鍵をかけて歩き出す。

「いいえ、謹《つつし》んで遠慮します」

三十六計、逃げるにしかず。

あまり関わらない方がいいと判断し、車のトランクから自転車を下ろしてもらった千羽矢がそそくさと行こうとすると。

「ああ、最後に一つだけ教えて。三号棟って、どっち？」

「三号棟は、あのレンガの建物です」

そこから見える、中央にある建物を指差すと、イケメンは「ありがとう」と礼を言った。

そして、なぜか自分のスマホを取り出し、唐突に千羽矢に向かって放り投げてくる。

「わわっ……！」

落としてしまったら大変と、千羽矢は咄嗟にそれを両手で受け止めてしまう。

「な、なんてことするんですか！　あやうく落としちゃうとこでしたよ」

「これから講演があるから、その間預かっていてくれる？」

「講演……？」

「三号棟のＡホール。あと十五分で始まるから、よかったらきみも聞きにおいで」

それだけ言い置き、イケメンはさっさと行ってしまった。

「ちょ、ちょっと⁉　スマホなんか、電源切っとけばいいじゃないですか！」

千羽矢は渾身《こんしん》の突っ込みを入れつつ、手の中のスマホを見つめる。

こんな個人情報の塊を、初対面の人間に預けるなんて、いったいなにを考えているのだろうと、かなりあきれてしまう。

すると、そこへ女子学生二人が、小走りで通りかかった。

「早く早く！　天花寺《てんげいじ》先生の講演、始まっちゃうわよ」

「もう席空いてないかな？　私、すっごいファンなんだ」

――天花寺先生……？

どこかで、聞いたことのある名だと、はたと気づいた千羽矢は、急いで大学の中央掲示板へと向かう。

そこには、本日講演のちらしが貼られていて、『新進気鋭のミリオンセラー作家、天花寺顕彦《あきひこ》』

と書かれ、さきほどのイケメンの爽やかな笑顔の写真がでかでかと印刷されていた。

「作家だったのか……」

天花寺顕彦のことなら、流行り物や世事に疎い千羽矢ですらその名を知る、昨今人気急上昇中の売れっ子作家だ。

確か、五年ほど前に直森《なおもり》賞新人賞を受賞し、彗星《すいせい》のごとく文壇に登場した、期待の大型新人との触れ込みで、出版されたデビュー作が異例の大ヒットを飛ばし、累計百万部を突破したという。

以来、出す本すべてがことごとく話題となり、際立ったルックスのせいかすぐに雑誌や週刊誌などでも特集が組まれるようになり、その姿を目にすることが増えてきた。

そのイケメンぶりから女性達の絶大な支持を受け、ファンクラブまであるらしい。

最近ではテレビ番組にもよく出演しているので、千羽矢も見かけたことがあったのだ。

実は当時話題になっていたので、高校生だった千羽矢は友人が買ったというその処女作を借りて読んでいた。

おどろおどろしい山奥の村の因習を絡め、緻密なミステリーとエンターテインメント性に優れた作品だと感じた。

その時受けた衝撃は、今も記憶に残っているほど鮮烈だった。

天才とは、まさにこういう人のことをいうのではないかと思ったほどだ。

――あの人が、作者なのか。

腕時計で時間を確認すると、講演開始まであと十分。

図書館でレポートを書くために早めに来たので次の講義まで時間があるし、なによりこのスマホを返さなければならないので、行くしかないかと腹を決める。

急いで三号棟に向かい、Aホールに入ると、三百人は収容できるそこは既に満席に近かった。

圧倒的に女子学生が多く、男子は数えるほどだったので、千羽矢は目立たないようになんとか空いている席を見つけて座る。

ややあって、顕彦が壇上に姿を現すと、盛大な拍手が沸き起こった。

「やぁ、皆さんこんにちは。今日は青春真っ最中の貴重な時間を割いて、僕の講演を聴きに来てくれてありがとう」

退屈だったら、昼寝でもしようか。

そんな風に思っていたのに、顕彦の巧みな話術に夢中になり、ふと気づいた時には一時間半の講演は終了していた。

「はぁ〜〜、やっぱ実物もイケメンだよね。私、ファンクラブ入っちゃおうかな」

「あのルックスでT大院卒で博士号持ちなんでしょ？　天は二物を与えるよね〜」

「私、ファンクラブの子から聞いたんだけど、なんでも実家が地方の山林王で、大地主のお金持ちらしいよ」

「や〜ん、カンペキ過ぎるでしょ。結婚してほしい！」

と、女子学生達は黄色い歓声をあげている。

——モテモテだな、先生。

彼女達の噂とは裏腹に、少々風変わりな彼の一面を垣間見たばかりの千羽矢は、笑いを噛み殺す。

さて、どうしようかと考えていると。

講演が終わっても、まだ壇上付近で女子学生達に取り囲まれ、サイン攻めに遭っていた顕彦が、千羽矢に向かって声をかけてくる。

「ああ、そこのきみ。悪いが、資料を控え室まで運んでくれないか」

「わかりました」

おいでなすった、と思いつつ、いかにも初対面のふりをして荷物を運んでやる。

並んで廊下を歩きながら、千羽矢は顕彦に預かっていたスマホを差し出した。

「はい、これ。もし俺が悪い奴で、あのままばっくれて先生のファンの子達に高く売りつけたら、どうするつもりだったんです？」

「本当の悪人は、そんなことは言わないよ。僕は、人を見る目はあるからね」

と、顕彦は嘯《うそぶ》き、受け取ったスマホをしまう。

「さて、荷物運びの礼に、ランチでもご馳走するよ。なにがいい？」

「え、いいですよ。俺、弁当持ってきてるんで」

千羽矢がそう答えると、なぜか顕彦の瞳がキラリと光った。

「それ、きみが作ったの？」

「ええ、まぁ」

なぜそんなことを聞くのだろうと不思議に思っていると、顕彦は実に嬉しげに言った。

「よし、じゃあこうしよう。きみの弁当は僕がいただき、きみは学食で好きなメニューを好きなだけ頼むといい。どう？」

「え、それ本気で言ってます？　赤の他人が作った弁当なんて、よく食べる気になりますね」

なかばあきれて言うと、顕彦は「最近外食続きでね、手作りの味に飢えているんだよ」と真顔で訴えてきた。

「助けると思って、頼む」

「わ、わかりましたよ。学食はこっちです」

やっぱりこの人、変わってるなぁと思いつつ、さきほどの恩もあるので人のいい千羽矢はその頼みをむげにはできず、彼を学食へと案内した。

「やぁ、洒落たカフェみたいだね。なんでも好きなものを頼んでおいで。何品でもいいよ」

「マジですか？　俺、けっこう大食いですよ」

細身で骨格も華奢な千羽矢だが、見かけに反してかなりの量を食べられる。

生活費に余裕があれば毎日でも肉を食べたいのだが、現在は節約生活中なので、なかなかままならないのだ。

実は、千羽矢には以前から切望しつつ、その値段から一度も頼んだことのない、憧れのメニューがあった。

「と、特上カツ重、いっちゃってもいいっすか？」

「もちろん」

そんな訳で、千羽矢はキラキラと卵の照り輝く極厚トンカツがど～んと載った特上カツ重との初対面を果たし、満面の笑顔だ。

「いい笑顔だね」

「いただきます！」

顕彦も、千羽矢の作ってきた弁当箱を開け、律儀に両手を合わせていただきますの挨拶をする。

「ほんとに、いいんですか？　俺の弁当なんかで」

「うん、おいしいよ。僕はそこそこ味にはうるさいんだが、味つけも好みだ。きみ、料理うまいね」

「自分で作った方が、安上がりだから。ゆうべの余ったおかず、適当に詰めてるだけなんで、大した手間じゃないし」

今日のメニューだって、昨夜の夕飯を少し余分に作り置きした野菜炒めに、特売セールで買い溜めしておいた挽肉で作ったハンバーグだ。

後は弁当箱にぎっちり白米を詰め込み、ふりかけを添えただけの手抜き弁当だったが、顕彦は実においしそうにそれを食べていた。

まぁ、彼がいいならいいか、と千羽矢も目の前のご馳走に集中することにする。

大口を開けて頬張ったトンカツは肉厚ジューシーで、思わず笑みが零れてしまう。

「うっま〜。久々の分厚い肉補給できました」

「これくらいで喜んでもらえて嬉しいね」

「普段は豚バラとか特売肉ばっかで。奨学金もらってるんで、無駄遣いできない身の上なんですよ。バイト三昧《ざんまい》だけど、毎月カツカツで」

「いまどき珍しい苦学生なんだな、きみは」

意外なほど美しい所作で千羽矢の大盛り弁当を平らげた顗彦は、ご馳走さま、と礼を言う。

「ところできみ、僕のアシスタントする気はない？　うちで働いてくれるなら、ごはん食べ放題だよ。材料費は僕持ちで、きみが作るんだけど」

またまた突拍子もないことを言われ、千羽矢は思わず箸《はし》を止めた。

「……それ、本気で言ってるんですか？」

「よくお中元やお歳暮に高級フルーツやメロンももらうから、それも食べ放題」

「た、食べ物で釣ろうったって、そうはいかないですからね」

いくらなんでも、今さっき知り合ったばかりで、相手の素性もわからないのに自宅に出入りする仕事で雇うなんて、あり得ない。

千羽矢が、内心そうあきれていると。

「今のバイトの時給、いくら？　倍出すけど」

「やります！」

その誘惑にはひとたまりもなく、ほとんど食い気味に返事をしてしまった千羽矢だ。

だが、初対面で口説いてくるような人のところで働くなんて、危険ではないだろうか？

一応相手は売れっ子作家だが、人格者かどうかは別問題だ。

「あの……聞きにくいんですけど、先生ってゲイなんですか？」

そこだけは一応はっきりさせておかねば、と恐る恐る質問すると、顕彦は世にも魅力的な笑顔で応じる。

「恋愛対象は今のところ女性だけど、先のことはわからないな」

「さっき、俺のこと口説いたじゃないですか」

「きみの顔が、とても好みだと言っただけだよ」

「それ、ぜんぜん嬉しくないですから」

昔から、美人の母親そっくりと言われ続けてきた千羽矢にとって、自身の女顔はコンプレックス以外のなにものでもないのだ。

「きみ、それだけの美貌に恵まれておいて、贅沢《ぜいたく》というものだよ。美は人の心を豊かにする。というわけで、僕は美しいものが好きだ。どうせアシスタントを雇うなら、見ていて好みの顔の方がいいからね。お願いできるかな？」

「……ほんとに、それだけで初対面の俺を雇うつもりなんですか？」

「そうだよ」

それがなにか？　と逆に不思議そうな顔をされてしまったので、千羽矢はこの人には常識は通用しないんだなと思った。

「やっぱ変わってますね、先生」

「う～ん、いいね。好みの顔の子に先生と呼ばれると、実にそそられる」

——断った方がいいかな、やっぱり。

肉厚トンカツを頬張りながら、そう考えていると。

「ひどいな。そうロコツに『こんな変質者のところでバイトなんかしたら、身の危険を感じる』みたいな顔しなくてもいいじゃないか」

「や、そこまでは思ってないですけど。でもまぁ、ちょっと考えさせてください」

そうはぐらかすと、顕彦は名刺を取り出し、裏に携帯番号を書いて差し出した。

「いずれにせよ、連絡先は教えるつもりだったんだ。万が一、後で後遺症の出る怪我とかした場合のためにね」

「そんな、さっきのは俺の自損なんで、先生のせいじゃないのに」

「とりあえず、お試しで一日来てみないか？　朝十時から夜七時までで、日給二万でどう？」

「に、二万ですか⁉」

「うちの近所に、おいしい老舗蕎麦屋《しにせそば》があってね。そこの和風出汁のカツ丼が、また絶品なんだ。その出前のランチつき」

「行きます……！」

胡散臭《うさんくさ》い＆アブナイと思ったにもかかわらず、みごとに日当とカツ丼に釣られた千羽矢は、また即答してしまったのだった。

◇　◇　◇

そして、約束の週末。

千羽矢は顕彦から送られた地図をスマホで見ながら、麻布十番《あざぶじゅうばん》駅へ降り立った。

――来ちゃった。俺って、ちょっと考えなしかも。

見るからに怪しい誘いにホイホイ乗ってしまった自分を、今さらながら反省する。

いや、今日はお試し体験バイトなのだから、少しでもおかしいと感じたら、一日で終わりにすればいい。

そして二万の臨時収入をゲットして、丁重にお断りすればいいのだ。

そう割り切り、千羽矢は駅から歩いて五分ほどの距離にある高層マンションへ向かった。

「ここか……すっごい家賃高そう」

周囲でもひときわ目立つ超高級マンションを前に、千羽矢はぽかんと口を開けてしまう。

見るからにセレブ層御用達の住居に、いったいどんな仕事をしているとこんなところに住めるのだろうと、つい考えてしまう庶民な千羽矢だ。

まるで高級ホテルのようにフロントがあるロビーを抜け、オートロックを開けてもらい、指示されるままエレベーターへ乗り込む。

顕彦の部屋は三十五階で、インターフォンを押すと中から顕彦が開けてくれた。

「よく来てくれたね。さぁ、どうぞ」

「お邪魔します」

スリッパを借り、恐る恐る廊下を進むと、突き当たりにある一面ガラス張りの広々としたリビングへと抜ける。

恐らく、三十畳近くはあるだろうか。

一応液晶テレビやソファーセットなどもあるが、中央には立派なデスクがあり、顕彦はそこで執筆しているようだ。

「わぁ……すごい眺めですね」

中でも驚いたのは、部屋から東京タワーが一望できることだ。

「東京タワーが見える部屋なんか、テレビドラマの中だけだと思ってたけど、ほんとに住んでる人いるんですね！」

と、千羽矢は田舎者丸出しでつい興奮してしまう。

「ついてきて。部屋の中を案内するよ」

「あ、はい」

言われるまま後に続くと、顕彦は一室のドアを開け、千羽矢に中を見せた。

「ここを書庫にしてるんだけど、最近蔵書が収まりきらなくてね。きみの仕事は、まずここの整理をお願いしたいんだ」

「はい、わかりました」

よかった、案外ちゃんとした仕事だった、と内心ほっとしながら千羽矢は張り切って作業する。

いかにも作家の部屋らしく、書庫に改装された部屋の壁一面に特注であろう本棚があり、ぎっしりと蔵書が詰まっている。

部屋の中央には、スライド式に動かせる本棚がさらに五つあり、ざっと二、三千冊くらいはありそうだった。

目録を作ってほしいとのことで、顕彦のノートパソコンを借り、一冊一冊蔵書を登録していく。

作業に没頭していると、あっという間に時間が経ち、昼休憩には約束通り、顕彦が出前でカツ丼を頼んでくれた。

楽しみにしていたカツ丼は期待を裏切らず、蕎麦屋らしい和風出汁が利いていて、とてもおいしかった。

大盛りのカツ丼をあっさり平らげ、顕彦が貰い物だと出してくれた銀座《ぎんざ》フルーツ専門店の葡萄《ぶどう》も一房ぺろりと完食する。

「見かけによらず、よく食べるね。その細い身体のどこに入るの？」

「はは、燃費が悪くて」

「ちょうどよかった。お中元やお歳暮に、たくさんお菓子やジュースが届くんだけど、僕はそんなに食べないから、よかったら持って帰って」

「え、いいんですか？」

そう言って顕彦がいくつも箱を持ってきたが、有名パティスリーの焼き菓子詰め合わせセットや、瓶詰めの高級生搾《なましぼ》りジュースなど、どれも普段千羽矢に縁のないものばかりだった。

「こ、このジュース、一本二千円もしますよ⁉」

「そうなの？」

お歳暮やお中元の価格で、その作家の売れ具合がわかるというが、さすがはミリオンセラー作家だと、千羽矢は妙なところで感心する。

「三時のおやつ休憩に、好きなだけ食べていいから」

そう言い置き、顕彦はデスクで仕事に戻る。

独り暮らしの顕彦は書斎に籠もるのが苦手らしく、広々としたリビングを仕事場にしているらしい。

千羽矢が作業中は普通に仕事に没頭していて、おかしなそぶりは微塵《みじん》も見せない。

――イケメンだけど変人かもなんて思ったりして、悪かったかなぁ。

ちょっぴり反省しつつ、千羽矢も真面目に黙々と整理を続ける。

そして、約束の午後七時になったが、当然ながら一日で終わる量ではないので、途中で切り上げることになった。

「お疲れさま。だいぶ片付いたね」

「でもあと、一週間くらいはかかると思います」

なんとなく区切りが悪くて悶々としていると、顕彦が封筒を差し出す。

「これ、今日のバイト代。実に真面目な仕事ぶりだったので、僕としてはこのまま続けてほしいんだけど、どうかな？」

「はい、俺も途中でやめるのは気持ち悪いんで、最後までやりたいです」

決して高級スイーツに目が眩んだわけではなかったが、本心からそう思ったので千羽矢は即答していた。

すると顕彦は、例の世にも魅力的な笑顔になった。

ファンの女の子達が目撃したら、その場で卒倒しかねない威力だ。

「よかった。一応、雇用契約書は用意しておいたから」

「契約書……ですか？」

「ああ、以前雇った子がちょっと、手癖が悪くてね。腕時計とか持ち逃げされてから、出版社にそうするように言われてるんだ。大丈夫、一般的なことしか書いてないから」

「わ、わかりました」

一応、内容に目を通してから、と書類をめくるが、フォントが妙に小さくて読みづらい。

「よかったら、夕飯も付き合ってくれないか？　僕の行きつけの、松阪牛《まつさかうし》専門の鉄板焼きの店でいいかな。きみ、肉好きだから」

「え、いいんですか⁉」

「うん。帰りはそのまま家まで送るよ」

と、至れり尽くせりだ。

「ありがとうございます！」

「実はさっき予約したんだけど、早い時間しか空いてなくてね。もう出ないと。サインだけでいいから、しちゃってくれる？」

「わかりました」

心はすっかり、未知の松阪牛へ飛んでしまい、千羽矢は言われるままに書類にサインし、顗彦と共に急いでマンションを後にしたのだった。


「でさぁ、その松阪牛がこの世のものとも思えないうまさでさぁ」

語りながら、昨晩の極上松阪牛A５ランクの鉄板焼きの味が舌によみがえってきて、千羽矢は思わずうっとりする。

が、話を聞いていた大学の友人はあからさまに胡散臭そうな表情だ。

「それ、めっちゃアヤしいだろ。そいつ、明らかにおまえ狙いなんじゃねぇの？　でなきゃ、バイト代より高い松阪牛焼き肉フルコース奢ったりするか？」

「でも、ゲイじゃないって言ってたし」

「自己申告を信じるなよ！」

一応相手が有名人なので、顕彦のことはぼかして今回のバイトの話をすると、友人はしょっぱなから懐疑的だった。

「まぁとにかく、契約しちまったんだからしかたない。防犯ブザーでも持っとけ」

「大丈夫だよ。俺、今までモテたためしがないんだから」

高校時代からバイト三昧だったせいか、なんとなく真面目な性格が災いしてか、千羽矢は二十一歳になる現在に至るまで交際経験がない。

今もバイトと大学で手一杯なので、当然ながら彼女など作る余裕もなく、このまま当分は年齢=彼女いない歴を更新すること間違いなしだと覚悟している。

——大体、先生くらいのイケメンなら、男でも女でもいくらだってお相手見つかるよな。俺なんかが口説かれるかも、なんて疑っちゃって、おこがましかったなぁ。

自覚はないが、すっかり食べ物で懐柔されてしまった千羽矢は、暢気《のんき》にそんな反省までする始末だった。

　こうして、千羽矢は当面の間一日置きの週三日か四日、大学の講義の後に顕彦のマンションに通うようになった。

「先生、今日の夕飯、なにがいいですか？」

　廊下にモップをかけながら、千羽矢は近くを通りかかった顕彦に声をかける。

　今日は初めて食事を作るので、一応リクエストを聞いておこうと思ったのだが。

「きみの好きなものでいいよ」

「え～、俺の好きなものって、肉ばっかになりますよ？」

「いいよ。予算は気にせず、いい肉を買っておいで」

　顕彦からは経費として一定の金額を渡されたので、それを持って千羽矢はマンション近くにあるスーパーへ向かう。

　この辺りは高級住宅街なので、スーパーもセレブ御用達らしく、すべての品が割高だ。

　普段激安スーパーを愛用している千羽矢は、その値段の高さに青くなりつつ、カートに野菜を入れていく。

顕彦はなにが好みかわからないが、先日の弁当を喜んで食べていたので、あまり好き嫌いはなさそうだ。

思えば、節約のために自炊はするが、改まって給料をもらい、他人のために作るのは初めてのことなので少し緊張した。

——とはいえ、俺も大して凝ったものは作れないんだけど。

なので、一応レパートリーの中で得意な肉じゃがにでもするかなと考える。

——後はっと……そうだ、豚の角煮とかいいんじゃね？

ご存じの通り、豚の角煮は大きなブロック肉を買わねば作れず、千羽矢には無縁の料理だった。

だが、せっかくの機会だからと精肉コーナーで大好物の肉を物色する瞬間は、ウキウキと心が弾む。

——待てよ。せっかくだから、自分では買えない牛肉いっちゃおうかな？

普段は無縁の松阪牛コーナーをちらりと見て、グラム三千円の数字に軽くビビり、やっぱり角煮にしようと軌道修正する。

「ぶ、豚肉……ください」

それでも、グラム八百円のブランド豚で、日頃激安豚バラ肉のセールを狙って買い溜めし、冷凍してちまちま使っている千羽矢にとっては充分心臓に悪い金額だ。

——はぁ……ここに住んだら、俺の一ヶ月分の食費が一瞬で吹っ飛びそうだよ。

他人の金だが、散財した疲れでややぐったりしつつ、千羽矢はほかにもドラッグストアで洗剤やティッシュなど必要なものを買ってから、急いでマンションへ戻る。

顕彦の仕事中、邪魔をしては悪いので、こちらから声はかけないように気をつけている。用事がある時は、顕彦から声をかけてもらうことになっていた。

とはいえ、顕彦は三十畳のリビングの中央を仕事場にしているので、なるべく音を立てないよう注意しながらキッチンで料理開始だ。

ざっと見ると、顕彦はそこそこ料理はするらしく、調味料や調理器具も揃っている。

オープンキッチンからちらりと様子を窺《うかが》うと、顕彦は真剣な表情でパソコンモニターを見つめていた。

詰まっているのか、資料らしき文献を引っ張り出してはやめ、またキーボードを叩き始める。

——へぇ、ちゃんと作家さんらしいとこもあるんだな。

初対面から軽いノリのところばかり見せられてきたので、ついそんなことに感心してしまう。

スマホでレシピを検索し、キッチンにあった全自動圧力鍋に豚バラかたまり肉と青ねぎ、生姜などの材料をセットした。

野菜の下拵《したごしら》えが終わり、肉じゃがも煮込み始めたところで玄関のインターフォンが鳴る。

「はい」

千羽矢がモニターで応答すると、画面には二十代後半くらいのスーツ姿の男性が映っていた。

『丸山《まるやま》出版の林《はやし》と申します。先生はご在宅でしょうか？』

「少々お待ちください」

顕彦に来客の旨を伝えるが、彼はモニターを睨み据えたまま、「留守ですって言っておいて」と一言。

「え、居留守使うんですか？」

「あれは僕の担当編集の林くん。来たって原稿が早く上がるわけじゃないんだから、来なくていいって言ったのに」

顕彦がぶつぶつ言うと、まるでそれを見越したように机の上の彼のスマホが鳴った。

どうやら、彼の居留守は日常茶飯事のようで、すっかり見抜かれているようだ。

「しょうがない、通してあげて」

「はい」

渋々の了承を得て、千羽矢はオートロックを解除してやった。

玄関で出迎えると、林と呼ばれた青年は元気よく挨拶する。

「こんにちは、先生。いい加減に居留守使うのはやめてください」

「あのね、きみが来たらよけい原稿の上がるスピードが遅くなるんだけど、それわかってる？」

「そうは言われましても、様子を見に来ないと心配で」

眼鏡をかけ、いかにも真面目そうな好青年といった雰囲気の林は、千羽矢にもぺこりと会釈してくれる。

「林くん、こちら千羽矢くん。身の回りの世話や資料の整理をお願いすることになったから。以後よろしくね」

「やっとアシスタントを雇われたんですね。今度は男性でよかった。前回の女性は大変でしたもんね」

「大変……？」

「前にも先生がド修羅場だった時、飲まず食わず寝ずの生活だったんで、うっかり知り合いの女性にアシスタントを頼んだんだけど、先生に夢中になっちゃって。で、辞めてもらうしかなかったんだ」

「林くん、きみは相変わらず口が軽いね。よけいなお喋りをしに来ただけなら帰りたまえ」

「そんなつれないこと言わないでくださいよ～。ほら、先生の大好きな三浦堂《みうらどう》の栗どら焼き買ってきましたから。あ、先生は甘い物はあまり召し上がらないんだけど、ここの栗どら焼きは大好物なんだよ。よかったら先生情報としてメモしておいてね」

と、林が後半は千羽矢に向かって告げる。

「あ、ありがとうございます」

彼は顕彦にそっけなくあしらわれるのに慣れているのか、極めて明るい。

これくらい不屈の精神を持っていないと、編集者は務まらないのかもしれない。

林は、今後必要になるから、と千羽矢の連絡先を聞いてくる。

「先生のこと、くれぐれもよろしくね。ちゃんと原稿書いてるか見張ってて」

「了解です」

顕彦に聞かれないよう小声でそう頼むと、林は帰っていった。

「ふぅ、やれやれ。林くんのお陰で集中力が途切れた。食事にしようか」

「はい、すぐ用意しますね」

ちょうど肉じゃがもほどよく仕上がり、圧力鍋で煮込んでいた豚の角煮も飴色にトロトロになったところだったので、千羽矢は料理を皿に盛り付け、ダイニングテーブルへと運ぶ。

顕彦の分を並べると、彼は「きみの分は？」と聞いてきた。

「え？　食べていいんですか？」

「当たり前だろう」

「でも、一応俺は使用人だし、別に食べるとかなのかなと思って」

「なぜそんな面倒なことをする必要が？　料理を作ったきみには、食べる権利がある。一緒に食べなさい」

「は、はい」

そう促され、千羽矢は急いでもう一人分も用意する。

そして、二人は初めて差し向かいで夕食を摂ることになった。

本日のメニューは茄子《なす》と茗荷《みようが》の味噌《みそ》汁に肉じゃが、それに豚の角煮だ。

たくさん食べなさいと言われたので、千羽矢は遠慮なく炊きたてご飯を山盛りにした。

「これはおいしそうだ。いただきます」

顕彦は礼儀正しくそう挨拶し、綺麗《きれい》な箸使いでまず肉じゃがを口へ運ぶ。

「うん、いい味だ」

「本当ですか？　なにがお好きかわからなかったんで、今日は適当に作っちゃいましたけど、なにか食べたいものがあったら、リクエストしてくださいね」

なにげなくそう言うと、顕彦はなぜか意味深な含み笑いを漏らす。

「なかなか大胆だな、きみは。そんな風に誘われたら、それじゃきみをって言うしかないよね」

「いえ、一ミリも誘ってないんですけど。妄想逞しいのも大概にしてくださいね」

油断していると、こうして時々セクハラトークを仕掛けてくるので千羽矢も遠慮なく撃退する。

「う～ん、味噌汁も実に僕好みだ。一生僕に味噌汁を作ってくれる？　ってのはベタ過ぎるかな」

「そうですね、作家とは思えないレトロさが、逆に新しいかも」

「きついなぁ」

そんなどうでもいいやりとりをしながら、二人で食べる食事はおいしくて。

千羽矢もつい箸が進んで、お代わりしてしまう。

「この圧力鍋、時間がかかる豚の角煮が三十分で作れちゃうなんて、すごいですね。豚の角煮、作るの憧れだったんですよ。普段はコスト高いからなかなか踏み切れなくて。でもあんな大きな塊肉が煮込むとひと回り縮んじゃうから、損した気分になりますね」

「……ここにいる時は、なんでも作りたいものを作って好きに食べていいから」

「いいんですか？　俺に食べさせると、本気で炊飯器を空にしますよ？」

「望むところだ。いくらでも食べなさい」

「先生のところの炊飯器、めっちゃいいやつなんで、すごくおいしく炊けるんですねぇ」

炊飯器は上位クラスのものだと同じ米でも炊きあがりが段違いにおいしくなると聞いたことがあるが、本当なのだと千羽矢は感心する。

「あ、でもお米も魚沼《うおぬま》産コシヒカリだから、おいしいのが炊飯器のお陰かどうかわからないな。そこのところ、どうなんだろう？　俺、普段はスーパーの激安ブレンド米食べてて参考にならないから」

なにげなく言うと、なぜか顕彦は目許を押さえ、「米も頂き物があるから、持って帰りなさい」と言った。

「これからは、うちで食事を作る時は二人で食べること。それもきみの仕事だと思いなさい」

「はい、わかりました」

節約生活を送る千羽矢に、栄養補給をさせてくれるつもりなのだろうか。

普段皮肉な言い回しが多い顕彦だが、こういうところは優しいんだよな、と千羽矢は少し嬉しくなる。

上京以来、一人で食事することが多い千羽矢にとっても、顕彦と二人の食事は普段よりずっとおいしく感じられたのだった。

「あ、そうだ。こないだいただいた献本のシリーズ、めっちゃ面白かったです」

ここで働き始めると、顕彦は著作の献本が余っているから読みたかったら好きなものを持っていっていいと言ってくれたので、お言葉に甘えて初期シリーズを何冊かもらって帰ったのだ。

顕彦の本を読むのは数年ぶりだったが、ちょっとだけのつもりで読み始めたら面白くてページをめくる手が止まらず、ふと気づいた時には白々と夜が明けていた。

「俺、あんまり本読む方じゃないんですけど、先生のミステリーはなんていうかワクワクして、ハラハラもするんだけどちゃんと読後感もよくて、読み終えるとすっきりするんですよね。お陰で寝不足です。次の巻もいただいていいですか?」

「もちろん。これから資料をまとめてもらったりするのに、過去作を読んでいてくれた方がこちらも都合がいいからね」

「ありがとうございます!」

こうして、顕彦のところでバイトを始めて、早二週間が過ぎた。

「は～終わった！」

書庫の整理はほぼ終了し、千羽矢はやり遂げた達成感でいっぱいだ。

「先生、書庫の分類とリストアップ完了しました」

「ご苦労さま。綺麗で使いやすくなって助かったよ。ありがとう」

食事の用意も、顕彦に頼まれればさっと簡単なものを作って出す。

いかにも食通らしく見える顕彦だが、意外にも素朴な和食が好みのようで、焼き魚やおにぎりをリクエストされるので、庶民メニューしかレパートリーがない千羽矢は助かった。

「きみの料理は、本当にお世辞抜きで僕好みの味つけなんだよ」

「先生が俺を雇ったのって、弁当の味が好みだったからですもんね」

食後のお茶を淹れてあげながら、千羽矢はそう茶化す。

「世界広しといえど、好みの顔の子が好みの料理を作ってくれる確率は、限りなく低い。というわけで、僕のお嫁さんにならない？」

「はいはい、そういうセリフは可愛い女の人相手にどうぞ」

息をするようにさらりと口説かれるので、たった二週間ですっかりそれに慣れてしまった千羽矢は、軽くあしらう。

「ひどいな、僕はいつでも本気なのに」

お茶の淹れ方まで好みなんだよ、と顕彦は嬉しそうだ。

食後に頂き物のアイスがあるから食べていいよと言われ、千羽矢はホクホクしながら高級カップアイスをいただいた。

「おいし〜。俺、アイス大好きなんですよ。一番好きなのはゴリゴリくんなんですけど。先生知ってます？」

「ああ、昔からあるよね」

「子どもの頃からあれが大好きで。安くて食べ応えがあるし」

最近顕彦のところでおいしいものばかり食べさせてもらっているので、舌が高級なものを憶えてしまって困るなぁと千羽矢は考える。

「で、これからの仕事内容なんだけど」

「はい。俺、力仕事もイケるんで、なんでも頼んでください！」

細腕に力こぶを作ってみせ、千羽矢はそう請け負う。

「じゃあ、ついてきて」

顕彦は千羽矢を連れ、納戸《なんど》代わりに使っている一室のドアを開けた。

すると中には、なぜか真新しいドレッサーがあり、その上には新品らしき女性用化粧品がずらりと並んでいる。

開け放たれたウォークインクローゼットの中には、たくさん女性物の洋服がかかっていた。

それも買ったばかりらしく、ビニールに入ったままの新品だ。

「こ、これ……どうしたんですか?」

確か、最初に案内された時には、ここは季節物家電やスキー用具が置かれている納戸だった。この部屋は掃除しなくていいと言われていたので、その後千羽矢が入ることはなかったのだが、いったいいつのまに乙女の城のように変貌していたのだろう?

「これ、どなたのものですか?」

「きみのだよ」

「……は?」

一瞬、顕彦がなにを言っているのか理解できず、千羽矢はフリーズする。

「今、なんて……?」

「だから、ここにあるものはすべてきみのサイズに合わせて揃えた服だし、化粧品もきみのものだってこと」

「……で、でもこれ、女性物ですよね?」

「うん、これからのきみの仕事は、ここにいる時間はきちんとメイクして女性用の服を着て、一日女性として振る舞うことだから」

まるで、『そこの部屋の掃除をしておいて』とでもいうような軽いノリで言われ、千羽矢はようやく我に返る。

「ななな、なんでですか⁉　どうして女装して生活しなきゃいけないんです⁉」

「それについては、もう少ししたら詳しく説明するよ。まずはＤＶＤ用意してあるから、これを観てメイクの練習をして。必要ならメイクアップアーティストも手配するから。しばらくはアシスタントの仕事より、こっちが優先。一日も早く、立派なレディになってね」

にっこり極上の笑顔で言われ、千羽矢はふるふると首を横に振る。

「いやですよ！　そんな話聞いてないし、そしたらバイトは辞めさせて……」

皆まで言うより先に、顕彦が書類を取り出す。

それは千羽矢がサインした、例の雇用契約書だった。

「きみ、これにサインしたよね。ここ、読んでみて」

なんとなくいやな予感がして、千羽矢は恐る恐るそれを手に取り、目を通す。

「えっと……雇用主の依頼には、必ず従うこと。拒んだり逃亡したりした場合、違約金として金三十万円を支払うこと……さ、三十万⁉」

そのとんでもない内容に、千羽矢は目を剥《む》いた。

「こ、こんなの詐欺じゃないですか！　読み飛ばすくらい小さい字で大事なこと書くなんてっ」

「契約書を読まずにサインしたきみが悪いよね。駄目だよ、そんな無防備じゃ、悪い大人に欺《だま》されてひどい目に遭わされそうで、僕は心配でたまらないよ」

「……今まさに、その悪い大人に欺されて、ひどい目に遭ってる真っ最中ですけどね！」

雇用契約書

人を陥れておいて、どの口が言うのかと千羽矢はご立腹だ。

「ごめんね。こうでもしないと、引き受けてくれないだろう？」

「当たり前ですよ！」

「まぁ、相場の倍の時給ってところで、なにかあると察してほしかったな」

「うっ……それを言われると……」

やはり、好待遇には裏があったのか。

あっさり敵を信じてしまった己の無防備さに、ただただ腹が立つ。

「で、あと設定なんだけど、きみは僕の婚約者ってことでよろしく」

「こ、婚約者ですか⁉」

「そう。恋人で先生呼びもおかしいから、人前では顕彦さんって呼んでね。はい、練習」

「あ、顕彦さん……」

「う〜ん、固いなぁ。もっと練習して、ナチュラルに呼べるようになっておいてね」

さっそくＤＶＤをプレーヤーにセットしている顕彦を見つめ、千羽矢は「いったい、なぜこんなことを……？」と呟く。

「ん〜？　実は実家が結婚しろってうるさくてね。勝手に見合い話を勧めてきたから、婚約者連れて帰郷するってことになっちゃったんだ」

そんな理由で？　と千羽矢はややあきれる。

「先生……じゃなかった、顕彦さんなら、本物の女の人にいくらだって頼めるじゃないですか」

「え、それ本気で言ってる？　本物に頼んだら、後が大変じゃないか」

「と、いいますと？」

「実は一人試したんだけど、お芝居を現実にしましょうって、ものすごいアプローチを食らった」

「……それ、モテ自慢ですか？　マジでイヤミなんですけど」

「丁重にお断りするのが大変だった。もう懲《こ》りたよ」

「だからって、女装の男連れて実家に里帰りするなんて、常軌を逸《いっ》してますよっ」

そう訴えると、顕彦はなぜか意味深な含み笑いを漏らした。

「ふふ、それにはもう一つ理由があるんだ」

「な、なんなんですか？」

「親族がきみを僕の花嫁と認めなかったら、皆の前できみが男だとバラす」

「ええっ⁉」

「そして、僕は女装した男の子にしか興味がないから、跡継ぎにするのはあきらめてくださいと宣言すれば、めでたく勘当してもらえるだろう？」

「じょ、冗談じゃないですよ。そんなことしたら、俺は針のむしろじゃないですか！」

いや、針のむしろどころか、袋叩きにされて追い出されるかもしれないと想像し、千羽矢はぞっとする。

「まぁ、それがいやなら、僕の花嫁として親族達に認められるしかない。大変だと思うけど、頑張ってね」

「……いや、そんなすっごいいい笑顔で言われても……」

ほとんど欺されて窮地に陥った千羽矢だったが、三十万など払えるわけがないので結局彼の言いなりになるしかない。

――くそっ、穏便に済ませるには、この人の花嫁としてふさわしいと認められなきゃいけないってことか……。

友人の危惧《きぐ》していたように襲われるといったことはなかったが、まったく別方向での落とし穴にみごとに落ちてしまった気分だ。

男の自分に、果たして花嫁修業など務まるだろうか？

それはまさに神のみぞ知る、であった。

◇　◇　◇

その日、千羽矢は顕彦と共にマンションからタクシーで東京駅へ向かった。

千羽矢の出で立ちは、全身清楚《せいそ》なお嬢様ファッションでシフォン生地の白いブラウスにフレアスカートだ。

顕彦が買ってくれたキャリーバッグの中身は、当然ながらすべて女性物である。

せめてもの抵抗で、なるべくユニセックスに見える自分のデニムやシャツもこっそり忍ばせてきたのだが。

——しかし、死ぬほどハードな二週間だった……。

タクシーの後部座席に座る千羽矢は、まさに燃え尽きた灰状態でぐったりだ。

今まで人生でここまで努力したことは、かつてなかったかもしれない。

根が真面目な千羽矢は、言われた通りにＤＶＤで女性の仕草や歩き方、発声の仕方などを練習し、顕彦の部屋へ来ると毎日女性用の服を着て過ごした。

その努力のお陰か、メイクテクもかなり上達した。

この日のために伸ばした髪も、女子っぽくカーラーで綺麗に巻いてある。

こうして外へ出るのは初めてで、かなりびくびくしていたが、周囲の人々とすれ違っても男だとバレてはいないようだ。

とはいえ、受験勉強よりもハードだった女装特訓に、千羽矢はやや憔悴《しょうすい》気味だ。

「この格好で、しかも人前で数日過ごすなんて、悪夢だ……っ。イケメン有名作家が、こんなペテンを働くなんて思いもしませんでしたよ……」

東京駅へ到着し、着替えが詰まったキャリーバッグを引きながら、千羽矢はぶつぶつと怨嗟《えんさ》の言葉を吐き続ける。

先代の法事で帰郷するようにとの命が実家から下り、顕彦はそれに合わせて千羽矢を婚約者として家族に紹介するために同行させたのだ。

「いつまで拗ねてるの？　いい加減に機嫌直して。たった二、三日の辛抱だよ。家族に挨拶して、少し滞在したら僕の仕事が忙しいのを理由にすぐ引き揚げるから。ほら、お弁当はなにがいい？」

「毎度食べ物で懐柔しようったって無駄ですからねっ……幕の内で。だいたい、先生はですね……」

「一つで足りるの？　もっと買っていいよ」

「マジですか？　そしたらその牛肉弁当も！」

売店で駅弁を二つと、デザートのスイーツも買ってもらい、あっさり機嫌を直してしまう単純な千羽矢だ。

新幹線に乗るのは久しぶりで、窓にへばりついて途中車窓の富士山《ふじさん》を眺めたり、弁当をぺろりと平らげた後、車内販売で買ってもらったアイスを食べたりしているうちに岡山《おかやま》駅へ到着する。

しかし、そこから先がまた長かった。

新幹線から在来線へと乗り換え、約一時間。

そしてさらに二両しかないローカル列車に乗り換え、また一時間。

ようやく目的地の小さな駅へ到着した時には、都内を午前中に出発したというのに、既に夕方になっていた。

「と、遠かったですね……」

「ね？　現代の秘境だろう？　飛行機だったら、もうグアムに着いてるよ。帰省するにも一苦労だ」

「座り過ぎで、尻が痛いっす」

「どれ、マッサージしてあげよう」

「謹んで遠慮申し上げます」

そんな不毛なやりとりをしていると、やがて駅前に一台の車が横づけされ、運転席から若い女性が降りてきた。

ミニスカートからすらりと伸びた足が眩しい、なかなかの美人だ。

「顗兄、久しぶり〜」

「僕の異母妹《いもうと》の、優梨華《ゆりか》だ。来年大学卒業予定だから、千羽矢より一つ年上かな」

「は、初めまして。千羽矢です」

千羽矢が挨拶すると、優梨華はなぜか上から下まで無遠慮にその全身を眺める。

「へぇ、よく見つけてきたわね。ほんとに男の人なの？　信じられない」

「えっ……⁉」

思わずドキリとして顗彦を振り返ると、彼は「ああ、優梨華は事情を知ってるから」とこともなげに言った。

「顗兄が見合いぶち壊すために、女装花嫁連れて帰省するって言った時には、正気かしらって耳を疑ったけど、面白そうだから協力するね！　力になれると思うから、なにかあったらなんでも相談してね」

「あ、ありがとうございます……」

普通、異母兄がそんなことを言い出したら、全力で止めるべきなのではないだろうか。

そこを面白がるところが、さすがは顗彦の異母妹かもしれない。

なにはともあれ、家の中にもう一人事情を知っている味方がいるというだけで、少し心強い気分になる。

彼女が運転する車のトランクに荷物を積み、顗彦が助手席に、千羽矢が後部座席へ乗り込む。

車はローカルな駅から小さな商店街を抜け、どんどん山道へ入っていく。

「ね、すごい田舎でしょ？　なんにもないとこでびっくりするよね」

「い、いえ、そんなことは。俺の実家もそこそこ地方なんで」

千羽矢の実家は長野県にあり、やはり帰省するのにそれなりの時間がかかる。

もっとも、交通費がかかるので滅多に帰れないのだが。

最寄り駅から車で山道を走ること、さらに一時間。

「この辺りからうちの敷地よ。ほら、あれが家」

と、優梨華が教えてくれる。

この辺り、という範囲が実にアバウトだが、どうやら見渡す限り、目の前にある山すらも天花寺家の所有地らしい。

「はぁ……すごい……。大地主さんなんですね」

庶民の千羽矢には想像を超えた世界で、思わずぽかんと口を開けてしまう。

走っていくと、次第にその屋敷が近づいてくるが、まるでレトロな映画村のセットのような巨大さだ。

周囲をぐるりと立派な石垣で囲まれているが、門をくぐってもそこからさらに走る。

駐車場、というよりなにもない広い前庭には何台でも車が停め放題で、優梨華の車を合わせてなんと五台並んでいた。

優梨華の話では、この辺りでは車がないと、いろいろ不便で生活できないらしい。

車から降りると優梨華が近場だけをざっと案内してくれたが、このお屋敷は明治時代に建てられたもので、昭和初期に増築され、以降何度か手が入れられているが、なるべく当時の外観を崩さないようにしてあるらしい。

広大な日本庭園があり、池ではたくさんの錦鯉《にしきごい》が泳いでいる。

重厚な日本家屋の平屋建ての主屋に離れ、なんと蔵は二階建てのものが二つもあった。

「あっちの離れは顕兄の部屋だったのよ。今もそのままになってるの」

と、優梨華は主屋と廊下で繋がってはいるものの、独立した建物を指差す。

離れといっても、一般家庭の一戸建てよりもかなり立派だ。

夏ということもあり、縁側には葦簀《よしず》が立てかけられていて、情緒満点だ。

——先生って、すごい家の人だったんだなぁ……。

まさに住む世界が違うという雰囲気に、千羽矢はしょっぱなから圧倒されてしまう。

三人が敷地内を歩いていると、屋敷の裏口から六十代くらいの割烹着《かっぽうぎ》姿のふくよかな女性が小走りでやってきた。

「まぁまぁ、顕彦坊ちゃま、お久しぶりです」

「ただいま、加代《かよ》さん。もう三十過ぎてるんだから、坊ちゃまはやめてよ」

「いいえ、私にとって、坊ちゃまは何歳になっても坊ちゃまですよ」

「はは、加代さんも変わらないね。元気そうでなによりだ」

彼女は天花寺家に昔から通いで台所回りを手伝ってくれているらしく、紹介されて千羽矢も挨拶する。

「まぁまぁ、顕彦坊っちゃまがこんなお綺麗な方を連れてらっしゃるなんて。さ、どうぞ。お上がりくださいませ。皆様お待ちかねですよ」

加代の案内で玄関から上がり、そのまま皆が待っているという大広間へと案内される。

襖《ふすま》を開くと、中は五十畳はありそうな広さの和室で、千羽矢は時代劇で見た将軍様の謁見《えっけん》の場を連想してしまう。

立派な青磁《せいじ》の壺《つぼ》が飾られている床の間を背に、上座に座っているのは和装の七十代の男女で、その脇には五十代くらいの女性が控えている。

——わ、ほんとに時代劇みたいだ……。

かなり緊張してきた千羽矢は、ぎくしゃくと下座に用意された座布団に正座する。

すると、おもむろに手前の女性が声をかけてきた。

「お帰りなさい、顕彦さん」

「ただいま、義母《かあ》さん」

——この人が、先生の義理のお母さんか……。

五十代と聞いていたが、和服姿の楚々《そそ》とした容姿は実年齢よりかなり若く見える。

所作が美しく品のある、瓜実顔《うりざねがお》の和風美人だ。

そこで千羽矢の脳裏には、あらかじめ顕彦から教わってきた家族構成がよみがえった。

天花寺静恵《しずえ》・五十二歳。

顕彦の義母。顕彦の生みの母が家を出て、その数年後父親の後妻として天花寺家へ嫁いできた。

華道、茶道の師範免許を持つ、生粋の大和撫子《やまとなでしこ》だ。

そして、上座に鎮座するのは、この天花寺家現当主夫妻だった。

「お祖父様、お祖母様、ご無沙汰しております。ただいま戻りました」

顕彦がそう挨拶したので、千羽矢も深々とお辞儀をする。

——いよいよ、ラスボスとご対面か……。

天花寺源三《げんぞう》・七十八歳。

顕彦の祖父で、天花寺家現当主。

広大な不動産を所有する天花寺家では林業や不動産業も営んでいるが、会社経営は息子の寛《ひろし》に任せ、現在は隠居の身。

寡黙、とにかく寡黙。

家族でも、あまり話しているのを見ることがないらしい。趣味は囲碁。

顕彦の挨拶を受け、源三は厳めしい表情で僅かに顎を引く。

どうやら、それが彼流の挨拶らしい。

「聞きましたよ。見合いをすべて断りたいそうですね」

その隣から、女性が声をかけてくる。

天花寺恒子《つねこ》・七十五歳。

顕彦の祖母で、源三の妻。

寡黙な夫に成り代わり、天花寺を動かす影の女帝だ。

『顕彦に結婚させ、当主の座を引き継がせるまでは死ねない』が口癖。

地元に顔が利くネットワークを駆使し、お眼鏡にかなった女性達の見合い写真を大量に顕彦に送りつけてくるらしい。

瘦せ型で背筋がピンと伸びた姿は、鶴を連想させる。

かなり手強そうだ、と千羽矢はひそかに思った。

「はい。僕には既に心に決めた人がいますので」

と、顕彦はさも愛おしげな眼差しで隣に控える千羽矢を見つめる。

先生、演技うまいなと感心しつつ、千羽矢はぎくしゃくと正座したまま三つ指をつき、頭を下げた。

「は、初めまして。千羽矢と申します」

恒子の、値踏みするかのようなぶしつけな視線が肌に突き刺さるのを、うつむいたまま耐えて顔を上げると、恒子の容赦ない尋問が始まる。

「千羽矢さん、とおっしゃったかしら。失礼ですけど、ご両親はどんなお仕事をなさっているのですか？　ご出身は？」

「そ、それは……」

一応設定は打ち合わせ済みだったので、その通りに説明する。

真実と嘘を織り交ぜた方がバレにくいということで、千羽矢が男だということ以外、家族や家庭環境はありのままを告げることにした。

父親が早くに亡くなったこと、母親は女手一つで自分を育ててくれたこと。

故郷は長野県で、現在都内大学へ通う独り暮らしだということ。

だが、その途中で千羽矢を庇うように顕彦がそれを遮る。

「ほかのことは一切関係ないし、どうでもいいことです。千羽矢は僕が選んだ人ですから」

「顕彦さん、結婚というものは当人だけがよければそれでいいという問題ではないんですよ。家と家との釣り合いや、繋がりというものがあるのです」

「愛していない相手と一生を共にするなんて、僕には到底考えられません」

恒子と顕彦の睨み合いが続き、間に挟まれた千羽矢はもはや生きた心地がしなかった。

源三は相変わらずの無言で、静恵は目線を伏せたまま微動だにしない。

やはり、この家で自分はあまり歓迎されていないようだ。

わかっていたこととはいえ、千羽矢はここで数日過ごさなければならないのかと、重い気分になった。

「よろしい。そこまで言うのなら、まずは千羽矢さんが天花寺家の嫁としてふさわしいかどうか、この私が見極めて差し上げましょう」

「……え？」

「しばらく、二人でここに滞在なさい。千羽矢さんが天花寺家当主の妻としての責務をこなせるかどうか、私がじきじきに指導しますので」

「いや、僕は仕事があるので、二、三日で東京に戻らないと」

「あら、パソコンさえあれば作家はどこでも仕事ができるのではなかったの？　離れはそのままになっているのだから、あなたはそこでお仕事なさい」

「しかしですね……」

「これは決定事項です。いいですね？」

恒子の鶴の一声に、顕彦が気圧《けお》される。

静恵と優梨華も黙っているので、どうやらこの家では恒子の決断には誰も逆らえないようだ。

――マ、マジですか⁉

思ってもいなかった展開に、千羽矢は話が違うと悲鳴をあげたくなった。

それから千羽矢は早々に大広間を辞し、加代に屋敷内をあちこち案内してもらう。

一刻も早く顕彦にクレームを入れたかったのだが、彼だけまだ祖父母のところで話があるらしく、引き離されてしまったのだ。

「こちらが千羽矢様のお部屋になります」

そう言って加代が案内してくれたのは、十畳の客間だった。

最悪顕彦と同室にされるかと戦々恐々だったのだが、一人部屋を与えられてほっとする。

「お布団は押し入れに入っておりますので。わからないことがありましたら、なんでもお聞きください」

「はい、ありがとうございます」

客間に一人取り残され、そわそわと落ち着かない千羽矢は、キャリーバッグの荷物を解いて時間を潰す。

屋敷内はいまどき珍しい平屋の日本家屋で、部屋の仕切りは襖だ。

これでは隣室の音は丸聞こえだろう。

こっそり襖を開けて廊下へ出てみると、全面ガラス戸から庭が見えた。

大きな池がそこからよく見え、たくさんの錦鯉が泳いでいる。

高そうな鯉だなぁと眺めているると、立派な日本庭園を手入れしているらしい庭師が二人行き来しており、千羽矢に気づくとぺこりと一礼してきた。

なので、千羽矢も慌てて会釈を返す。

――これだけの広さのお屋敷だもんなぁ。すごい維持費かかりそう。

家族が住むだけなら、こんなに広い屋敷は必要ないのではないかと思ってしまう、超庶民な千羽矢だ。

――早く、先生戻ってこないかな。

ついそんなことを考えてしまってから、はっと我に返る。

――さ、寂しいとか、そんなんじゃなくて……！　ここでは先生が頼りだから。他意はないから！

そう自分に言い訳する。

一人百面相をしているうちに、加代が夕食だと呼びに来て、千羽矢は一人、再び大広間へ向かった。

そこには源三、恒子に静恵、それに優梨華と顕彦の姿もあった。

「千羽矢、紹介するよ。僕の父だ」

ここで初めて、千羽矢は仕事から帰宅した顕彦の父・寛と対面を果たす。

「遠いところを、よく来てくれたね。ゆっくりしていってください」

五十代半ばの寛は、年齢よりも若々しく見え、面差しが顕彦によく似ていてなかなかの男前だ。

ただ、下がり気味の眉毛がいかにも気弱そうに見える。

「ここに座って」

顕彦の隣の席を示され、千羽矢はそこへ正座した。

驚いたことに、夕食は銘々の前にお膳が並べられた会席料理だった。

いかにも高級そうで、刺身や煮物、湯葉などが彩りよく盛りつけられている。

板前らしき人物が次々と揚げたての天ぷらなどの料理を運んでくるので、どうやら今日は顕彦達をもてなすために、高級料亭からの出張料理を頼んだらしい。

──わ〜！　こんなご馳走食べたことないよ！

人生初の高級会席に、思わず興奮する千羽矢だったが、夕食の席は妙に静かだった。

沈黙が気まずい……と思いながらも料理がおいしくて箸が止まらない。

すると、恒子が言った。

「よくお召し上がりになるのね。初めての家で緊張していないなんて、大物だこと」

「すみません、おいしくてついがっついちゃって」

暗に図々しいという嫌味をカマされたが、千羽矢は笑顔でそう返す。

歓迎されないのは覚悟の上で乗り込んでいるので、なにを言われてもにこにこして応対しようと決めてきたのだ。

すると、予想外の反応だったのか、恒子は咳払いをして話題を変えた。

「千羽矢さん、お客様扱いは今日までです。明日からは私の指導の下にきっちり働いていただきますので、そのつもりでいてください」

「は、はい……よろしくお願いします」


結局食事中は顕彦とはまったく話ができず、再び与えられた自室へ戻る。

暇なのでスマホを弄っていると、ややあって襖がノックされ、顕彦が顔を覗かせた。

「きみ、あの量じゃ足りないだろうと思って、こっそり加代さんにおにぎり作ってもらってきたよ」

「ありがとうございます！　その通りです。いやぁ、すごくおいしかったけど、会席料理ってあんまり腹に溜まらないんですね」

実は早くも小腹が空いていた千羽矢は、顕彦が運んできてくれたおにぎりをおいしそうに頬張った。

「いろいろ、すまなかったね。お祖母様は僕が誰を連れてきても、きっと気に入らないんだ。自分が決めた相手とでなければ認められないんだろう」

その言葉に、肝心なことを思い出す。

いけない、また食べ物で誤魔化されるところだったと、千羽矢はずっと抱えていた鬱憤《うっぷん》を彼にぶつけた。

「それより、話が違うじゃないですか。二、三日滞在するだけって言ってたのに！」

「僕だってそのつもりだったんだよ。けど、お祖母様があぁ言い出したらもう無理だな」

「そんな……」

「なんとか一ヶ月我慢してくれないかな。ここできみに降りられたら、今までの努力が水の泡になるんだ」

この通りだと拝むように懇願され、千羽矢もそれ以上強くは言えなくなる。

「大学は夏休みだから、そっちはなんとかなりますけど……」

清掃のバイトは、クビ覚悟で休ませてもらうしかないなと思った。

「とにかく日当は弾むから、なんとか嫁として認めてもらって。でないと、僕は本当にお祖母様のお眼鏡にかなった女性と結婚させられる」

「……俺、自信ないですよ。ぶっちゃけ超庶民だし、礼儀作法とか、そういうのぜんぜんわからないし」

自慢ではないが、あの厳格そうな恒子の気に入る振る舞いが自分にできるとは到底思えなかった。

「大丈夫だよ。きみの持ち前の明るさで、祖父母をメロメロにしちゃって」

そう言いながら、顕彦はふいに千羽矢の首の後ろに手をかけて顔を引き寄せ、額をこつんと当ててくる。

思わぬ接近に、すっかり気を抜いていた千羽矢はかっと頬が上気した。

「ななな、なにするんですかっ！」

「僕らは婚約者なんだから、少しくらいイチャイチャしないと」

「それは人前だけで充分です！」

「イエスって言ってくれたら離れるけど」

無体な脅迫に、千羽矢は深々とため息をついた。

「……は～～しょうがないなぁ、もう……」

「付き合ってくれる？」

「まぁ、俺だってあんなに苦労して特訓したわけだし、いったん引き受けた仕事は最後までやり遂げたいですから」

すると顕彦はありがとうと礼を言い、改めて千羽矢に頭を下げた。

「でも、お祖母様は俺の性格とか家柄が、とは言ったけど、母子家庭だから駄目だっておっしゃらなかったのは嬉しかったです。今までそれで、いろいろ言われたことがあったから」

「千羽矢……」

「父さん、ちゃんといたのに。早くに病気で亡くなっただけなのに、きちんとした家庭じゃないみたいな目で見られるの、悔しかった。だから母さんが自慢できるようにって、勉強頑張ったんです」

母親が仕事で忙しいから、躾ができていなかったなんて、誰にも言わせない。

その負けん気で千羽矢は一生懸命勉強し、難関といわれる大学に合格したのだ。

「お母さんにとって、きみは自慢の息子だと思うよ。会ったことはなくても、なんとなくわかる」

「だといいんですけど」

顕彦に母のことを褒められて、なんとなく嬉しくなる。

千羽矢がぺろりとおにぎりを平らげると、顕彦は空になった皿と盆を手に立ち上がった。

「僕は離れの自分の部屋で寝るよ。この家ではしたない真似はするなって言われたから、別々の部屋で寝るのはしかたないね」

その言葉の意味がわからず、千羽矢は首を傾げる。

「はしたない真似って？」

「まぁ、この屋敷でセックスはするなってことだよね」

ずばり言われ、鈍い千羽矢はようやく意味を察して真っ赤になる。

「セセセ……なんてしませんよね、そんな！」

「いやぁ、僕はきみの望みとあらば喜んで」

「一ミクロンも望んでませんから！　おやすみなさい！」

過剰反応してしまったのが恥ずかしくてたまらず、千羽矢は無理やり顕彦を部屋から追い出した。

「はは、おやすみ」

襖の向こうで意味深な含み笑いを残し、顕彦の足音が遠ざかっていく。

——まったく心臓に悪い人だよ、もう！


「千羽矢さん、起きなさい」

「ん……」

最初は夢かと思い、聞き流していたが、やがて肩を揺すられ、千羽矢は目を覚ます。

寝ぼけ眼のままスマホで時刻を確認すると、朝の五時半だった。

長旅で疲れていたのか、いつのまにか眠ってしまったようだ。

もそもそと布団から顔を出すと、枕元に恒子が仁王立ちしていたので、一瞬で覚醒する。

「お、お祖母様……!?」

「天花寺家の嫁たるもの、朝は誰よりも早く起き、夜は誰よりも遅く休むものです。いったい、いつまで寝ているつもりですか」

「す、すみません！」

「ぐずぐずせず、早く布団を上げて支度をなさい」

「は、はい！」

叩き起こされた千羽矢は、急いで着替えと洗顔を済ませる。

建築されたのが明治時代、築百年を超えるこの屋敷は、民家とは思えないほど広く、そして板張りの廊下が長い。

生まれた時からアパートやマンション暮らしだった千羽矢には、きゅっきゅと音を立てる板張りの床が珍しかった。

とはいえ、どたばた歩くとまた恒子に叱られそうなので、スリッパの足音を殺しながら小走りで台所へと急ぐ。

「すみません、遅くなりました！」

中では既に静恵と加代が、忙しく立ち働いていた。

台所もかなり広く、その佇まいはまるで老舗料亭の調理場のようで古めかしいが、ガス台やレンジ、オーブンなどは最新式のものが揃っていた。

「あらあら、朝ご飯のお支度は私がするからいいんですよ。もっとゆっくり寝てらしてください」

静恵がそう言ってくれたが、恒子が見張っているので「い、いいえ、お手伝いさせてくださいっ」とエプロンを借りる。

天花寺家の食事は和食中心らしく、朝から豆腐の味噌汁に鯵《あじ》の干物、小松菜のおひたしに卵焼きなど、ごはんとおかずが何種類も並ぶ。

毎朝これを加代と静恵が作っているらしいが、恒子の命令で千羽矢は二人の手伝いを任された。

普段は六人分だが、今日は顕彦と千羽矢がいるので八人分作る。

たまに庭師や下働きの者も出入りするので、大抵余分に作るようだ。

食事ができると、まずなにより先に大広間に祀《まつ》られている神棚に米、塩、水を捧げ、柏手《かしわで》を打つ。

先祖代々、商売を生業にしてきたので家の神棚には恵比寿大黒天《えびすだいこくてん》が祀られているそうだ。

次は仏壇に水とお茶、それに炊きたての米を供え、先祖の霊に感謝を捧げる。

——これを毎日やってるのかぁ……。

さすが旧家、しきたりには厳しそうだ。

六時半になると、出勤の早い寛と優梨華が起きてきて、ようやく家族揃っての朝食になる。

この頃になると、燃費の悪い千羽矢の空腹は限界に達していて、よだれが出そうだった。

「いただきます！」

誰より元気に挨拶し、もりもり食べる。

お代わりを本当は三杯したかったのだが、恒子に観察されている手前、二杯で我慢しておくことにする。

加代は家族に給仕した後、一人別に食事を摂るようだ。

朝食を終え、出勤する寛を送り出すと、掃除開始だ。

「千羽矢さんには、廊下の雑巾がけをお願いします」

「わかりました」

恒子にそう命じられ、顕彦の婚約者として、そうおかしな格好もできないと一応ブラウスにスカート姿だったのだが、動きやすいようにと急いでTシャツとジーンズに着替える。

「よし、やるぞ！」

千羽矢は気合を入れ、バケツに汲んだ水で雑巾を絞った。

ビル清掃のバイトをしているので掃除は得意だが、こんな立派な日本家屋の板の間は初めてなので緊張する。

とにかく四つん這いになり、固く絞った雑巾をセットして勢いよく床を蹴る。

まっすぐ突き当たりまで進むと、きっちり隅まで拭いてからUターン。

だんだん興が乗ってきて、千羽矢はタッタとリズムよく床を蹴り、拭き掃除に没頭した。

普段バイトで鍛えているので、これくらいはお手のものだ。

すると、その足音が思いがけず響いたのか、恒子が様子を見にやってくる。

「あ、あなた、なんて格好をしているんです？」

「え？　お掃除するのに動きやすいよう着替えたんですけど。いけなかったですか？」

千羽矢がきょとんとしていると、恒子は綺麗に拭きあがっている廊下に気づく。

「この短時間で、もう終わったの……？」

「はい、次はどこを拭きましょうか」

「……そうね。それじゃ、北側の廊下もお願い」

「わかりました」

バケツを提《さ》げ、元気に移動する千羽矢を、恒子は困惑げに見送っていた。

指示された部分も手早く磨き上げ、その後は加代の手伝いで庭の掃き掃除も済ませる。

「あらまぁ、なんて手際がいいこと。千羽矢さんがいてくださると、お掃除がはかどって助かります」

と、加代は大喜びだ。

どうやら掃除に関しては、及第点をもらえそうなのでほっとする。

昼食は源三と恒子、それに今日はバイトが休みだという優梨華、顕彦と千羽矢の五人で摂った。

食後、台所で加代と後片付けをしていると、恒子が声をかけてくる。

「千羽矢さん、あなた、着付けは？」

「……やったことありません」

正直に答えると、恒子に深々とため息をつかれてしまう。

「これからお茶とお花のお稽古《けいこ》をするんですから、自分で着付けられるように。最初ですから、今日は私が着せてあげましょう」

「い、いや、それは……」

身体を触られたら、男だとバレてしまうと焦るが、かといってうまい言い訳が咄嗟には思いつかない。

千羽矢が進退窮《きわ》まって、顔面蒼白になっていると。

「お祖母様、着付けは私が教えるわ。千羽矢さん、私の部屋に来て」

実にタイミングよく、優梨華がひょっこり顔を覗かせ、そう助け船を出してくれた。

「は、はい」

これ幸いにと、千羽矢は恒子に一礼し、こそこそとその場を離れる。

「間一髪だったわね」

「マジで助かりました。ありがとうございます、優梨華さん」

こうして千羽矢は優梨華の部屋で着付けを教えてもらうことになった。

優梨華が「もう着ないから」と紬《つむぎ》の着物を貸してくれる。

優梨華は女性にしてはすらりと長身な方なので、着物の丈もなんとか千羽矢が着られそうだ。

当然ながら着付けなどしたことがない千羽矢は、なにもかもが初めての経験だったが、憶えないことには恒子の雷が落ちるのは必至なので、必死に頭に叩き込んだ。

「着物って、こんなに何重にもなってるんですね。知らなかった……」

皆、よく順番を間違えずに着られるなぁ、と感心してしまう。

次からは一人で着られるよう、肌襦袢《じゅばん》姿からいちいちスマホで写真を撮り、記録しておくことにした。

「わぁ、よく似合ってるわよ。素敵！」

優梨華に言われ、姿見を恐る恐る確認してみると、淡い萌葱《もえぎ》色の着物をさらりと着こなした自分の姿が映っていた。

「けっこう苦しいですね……」

こんなに帯で締めつけていると、ごはんが思う存分食べられないではないか、と千羽矢はまずそこを心配する。

「大丈夫、そのうち慣れるわよ」

優梨華に付き合ってもらい、何度も着たり脱いだりを繰り返してひたすら練習する。

そのうち夕方になると、優梨華が出かけると言い出した。

「今日は、二番目の兄がパリから帰国する予定なの」

どうやら顕彦と同じく、法事に合わせて一時帰国するようだ。

車で駅まで迎えに行くのは自分の役目なのだと、優梨華は楽しそうに教えてくれた。

「へぇ、顕彦さんの弟さんですね」

「そう、幸延《ゆきのぶ》っていうの。気は遣わないでいいから、仲良くしてやってね」

そんな訳で優梨華が出かけてしまったので、一人になった千羽矢は着物のまま自室へと戻ることにする。

慣れるには着続けるのが一番だと、優梨華に言われたからだ。

高級そうな着物なので、汚してはまずいという気持ちが先に立ち、無駄に緊張してしまう。

――ううっ、窮屈で動きずらいし歩きにくい、その上苦しい……っ。

足袋《たび》も履き慣れないので、違和感がある。

昔の人は毎日これを着て生活していたというのだから、尊敬に値すると思ってしまう。

この格好でお茶やお花を習うなんて、拷問ではあるまいか。

早くも辟易《へきえき》しながら廊下を歩いていると、途中でなぜか顕彦が待っていた。

「やぁ、よく似合ってるよ。可愛いね」

と、いつもの軽い調子で褒めてくるので、人の苦労も知らないでと思わず苦笑してしまう。

「こんなとこで、なに油売ってるんですか？　原稿は？」

「きみまで林くんみたいなことを言うのはやめてくれないか」

「林さんから、代理でせっついてくれってようく頼まれてますからね」

そう言って腕組みすると、顕彦は千羽矢の着物姿を上から下まで眺める。

「時代劇の、あ～れ～ご無体な～帯をクルクルっていうの、やらせてくれる？」

「低レベルのセクハラは別料金が発生しますよ」

「キビシイなぁ」

と、顕彦は笑っている。

「ちゃんと仕事進んでますか？　俺は花嫁修業で忙しくて、ここではアシスタントあんまりできないんだから、しっかりしてくださいね」

「わかってるよ、と言いたいところだが、きみがそばについていてくれないとはかどらなくて」

「なに甘えたこと言ってるんですか」

と、千羽矢は甘やかさずびしりと言ってやる。

が、どうやら展開に詰まっている顕彦が構われたがっているので、やむなく縁側に座って話をしていると、優梨華の車のエンジン音が聞こえてきた。

なので、千羽矢は「あ、幸延さんのお帰りですよ。お出迎えしましょう！」と顕彦の手を引っ張る。

二人で廊下を移動して玄関へ向かうと、大きなスーツケースを引いた青年がちょうど靴を脱いでいるところだった。

なかなかにファッションに気を遣うタイプなのか、男性グラビア雑誌のモデルが着ているようなスタイリッシュでカラフルなシャツにチノパン姿だ。

髪型は短く、ワックスで立てるように固められており、体格がよく胸板が厚いので地方の地主のお坊ちゃん然とはしておらず、かなり体育会系のようだ。

顕彦とはまた、ずいぶんタイプが違うなぁと千羽矢は思った。

「いや〜、久々に帰ってきたけど、相変わらず遠いな！」

靴を脱いで玄関を上がるなり、第一声がそれだったので、千羽矢は自分達と同じ感想だとおかしくなった。

「帰宅早々、なんです、幸延。騒々しいですよ」

「いっけね。ただいま戻りました、お祖母様」

恒子が出迎えると、幸延も神妙に会釈する。

マイペースそうに見える彼も、この屋敷の女主人には頭が上がらないようだ。

「まずはご先祖様にお線香をあげて、お祖父様にもご挨拶してらっしゃい」

「はい」

その晩の夕食は、また幸延の帰宅を歓迎しての会席料理だった。

昨晩と同様、ずらりと膳が並べられ、末席に陣取る千羽矢は八《や》つ墓村《はかむら》の世界だなぁなどと考える。

和服を着たままなので、足りないくらいの食事量でちょうどいいかもしれない。

「本当に久しぶりだな、幸延。パリでの暮らしはどうなんだ？　ちゃんと食べているのか？」

息子との再会が嬉しいらしく、寛は幸延にビールを注いでやっている。

久々に揃った家族がわいわいと楽しく話していると、それを遮るように恒子が口を開いた。

「先代の法事で、ようやく家族全員が揃いましたね。明日は一族の人間が一堂に会します。顕彦と幸延、あなたがたのどちらかが、この天花寺家の跡継ぎとなるのですから、それぞれ自覚を持って、それにふさわしい振る舞いをするように」

「はい、お祖母様」

と、二人は神妙に返事をする。

「別に、家を継ぐのは僕ではなくて、幸延でもいいのでは……」

顕彦が、そう言いかけると。

「いけません。長男の顕彦さんには、天花寺家の後継者としての自覚を持っていただかないと」

すかさず、静恵がぴしりとそう釘を刺してきた。

——怖っ、美人だけど迫力あるなぁ、お義母様。

物腰柔らかな和風美人だが、その整った顔立ちで静かに諭されると、恒子とはまた違った迫力がある。

静恵にそう言われると顕彦も無言になり、食卓には気まずい雰囲気が漂った。

——でも、お義母様としては、自分が産んだ幸延さんに跡を継がせたいのが人情ってもんじゃないのかな？

千羽矢は、ついそんなことを考えてしまう。

会席の日は業者がすべて後片付けをしてくれるので、女性達は楽だ。

「先生とお義母様って、その……やっぱりちょっと気まずい関係なんですか？」

食後、廊下を並んで歩きながら、千羽矢は小声で聞いてみる。

「きみ、デリケートなところにズバっと触れてくるね」

「いや～、だって気になっちゃって」

「義母は人格者でね。立派な嫁過ぎて、自分の本音にすら気づかないふりをしている。義母のためにも、僕は幸延が跡継ぎになればいいと思っているんだ」

「先生……」

顕彦はやはり、自分が静恵にとってはなさぬ仲の義理の息子という立場を気にしているのだろう。

千羽矢はなんとなく、かける言葉を失う。

すると顕彦は、「僕の小説なら、間違いなく後継者争いの殺人事件が勃発《ぼっぱつ》するところだね」と言った。

「ちなみに、ミスリードを誘うためにいかにも怪しいよそ者を登場させておいて、天真爛漫《てんしんらんまん》な長男の嫁候補のきみが犯人だから」

「わ、ひどっ！　人を勝手に殺人犯にしないでくださいよ！」

そんな話をしつつ、することがないので部屋に戻ろうかなと思っていると、遠くから幸延が手招きしているのが見えた。

不思議に思いながらもそちらへ向かうと、幸延は「これからお祖母様に内緒で酒盛りするんだけど、兄貴と千羽矢ちゃんもおいで」と耳打ちしてくる。

「私も、いいんですか？」

せっかく久しぶりの兄弟水いらずなのに、赤の他人がいたら邪魔なのではないかと気を遣うが。

「遠慮しないで。じゃ、優梨華の部屋に集合ね」

そんな訳で、千羽矢は顕彦と共にこっそり優梨華の部屋へ向かった。

「失礼します」

小声で声をかけ、どうぞと言われてそっと襖を開けると、部屋には既に優梨華と幸延が揃っていて、畳の上に車座に座布団を敷いて座っていた。

「よく来たね。さぁ、座って」

千羽矢と顕彦も座に加わり、深夜の飲み会開始だ。

幸延は、フランス土産だと言ってシャンパンとワインをスーツケースから取り出した。

「つまみはチョコレートだよ。シャンパンにチョコが合うんだ、これが」

幸延によると、ヨーロッパでは安価なチョコレートでさえびっくりするくらいおいしいらしい。

こんなみごとな日本家屋の畳の上で、チョコをつまみにシャンパンを飲むのもオツなものだ。

幸延の言う通り、相性は抜群で、チョコとシャンパンの絶妙なマリアージュに千羽矢はうっとりしてしまう。

「わ、すごくおいしいです！」

するとと顕彦がいったん中座したので、トイレにでも行ったのかと思っていると、なぜかなかなか戻ってこない。

が、ややあって盆を手に戻ってくる。

見ると、そこにはゴーヤーチャンプルーとザーサイが載った冷や奴、それに塩辛などのつまみが揃っていた。

「きみ、また会席料理だけじゃ足りなかっただろう？」

食べなさい、と顕彦がそれを千羽矢の前に並べてくれる。

「どうしたんです、これ？」

「台所に忍び込んで、あるもので適当に作ってきたんだよ。加代さんにバレないよう、痕跡はカンペキに消してきた」

と、真顔で言うので、千羽矢はつい笑ってしまう。

「ありがとうございます、いただきます」

さらには優梨華がどこからか日本酒の一升瓶まで取り出し、和洋ちゃんぽんな飲み会はますますカオスになっていく。

「ね、兄貴のどこに惚れたの？　ひょっとして小説のファンとか？」

酔いが回ってくると、幸延はそんなことを聞いてくるので、千羽矢は困ってしまう。

「い、いいえ、ファンってほどじゃ……。顕彦さんが、大学での講義にいらした時に知り合ったんです」

この場でただ一人、千羽矢が男だと知らない幸延だが、事情を知る優梨華と顕彦は困っている千羽矢を見て含み笑いを漏らしている。

――た、助けてくださいよ、先生！

だが、幸い話題は昔話に変わり、幸延は面白おかしく兄弟達の子ども時代の話を聞かせてくれた。

「皆さん、仲がいいんですね。私は一人っ子なので羨ましいです」

「とても異母兄弟には見えない？」

と、優梨華がふざけて言いにくいことをはっきり口にするので、こちらが慌ててしまう。

「そうだよな。周囲は気を遣ってくるけど、俺達はガキの頃から仲良かったよな」

と、幸延も同意する。

「でも明日の法事、気が重いよね。岡山の大伯母様、人の顔さえ見ればお小言でうざったいんだもん」

「俺、思うんだけど、お祖父様もそろそろ年だし、親父に当主の座を譲るって発表する気なんじゃないかな。で、そこで次の跡取りに兄貴を公に紹介するんだと思う」

と、酔いですっかり饒舌《じょうぜつ》になってきた幸延が言う。

「この天花寺家は、兄貴に継いでもらわないと困るよ。俺はパリに愛しのセーラを残してきてるんだから」

と、幸延はスマホを取り出し、自慢げに待ち受けの写真を見せる。

そこにはパリのエッフェル塔をバックに、金髪碧眼《へきがん》の美人と幸延が頬を寄せ合い、ラブラブな様子で写っていた。

「わぁ、綺麗な方ですね」

「だろ？　俺の恋人。彼女がいるから、俺はパリに永住してもいいと思ってるんだ」

だから帰国する気はさらさらないわけ、と幸延があっけらかんと告げる。

「おいおい、人に押しつけないでくれ。僕はお祖母様に不安定で得体の知れない職に就いたって目の敵にされてるんだから、跡継ぎにはふさわしくないよ。それに……」

と、いったん言い淀んだ顕彦は、ぽつりと続ける。

「義母さんも、おまえが継いでくれた方がきっと喜ぶ」

顕彦の言葉に、幸延と優梨華が無言で顔を見合わせた。

「そんなことないよ。母さんだって兄貴に継いでほしいと思ってるって」

「まぁ、この話はよそう。明日は法事だから、そろそろ切り上げないと」

そこで顕彦は話題を変え、空いた皿を集め出す。

なので、千羽矢もそれを手伝い、飲み会はお開きになった。

千羽矢がこっそり食器を片付け、部屋に戻ろうとすると、廊下で顕彦が立って待っていた。

「どうしたんです？　離れに戻らないんですか？」

「ん～？　酔ったらなんだか、足許が怪しくて。部屋まで送ってくれない？」

「もう、しょうがないですね」

顕彦はけっこう飲んでいたので、確かに多少ふらついている。

「しっかり摑まって」

自分よりも一回り体格のいい彼に肩を貸し、離れまで付き添う。

「ふふ、きみは優しいね。キスしていい？」

「脈絡全然ないですよ。駄目に決まってるじゃないですか」

一刀両断し、千羽矢はなんとか顕彦の部屋になっている離れの襖を開ける。

初めて足を踏み入れたそこは、壁一面に造り付けの本棚があり、びっしりと本が詰まっていた。大した蔵書数だ。

「わ、なんか先生の部屋っぽい」

高校を卒業して上京したと言っていたが、十数年経った今も自室がこんなに整然と維持されているのは、家族は顕彦に戻ってほしいと願っているのではないか。

千羽矢はなんとなくそう思った。

「先生の高校生時代って、どんな感じだったんでしょうね」

やっとのことで大柄な顕彦をベッドへ運んで寝かせ、やれやれと一息ついていると、いきなり顕彦が手を伸ばし、離れかけた千羽矢の細腰を抱き寄せる。

「ひゃっ！」

当然ながらバランスを崩した千羽矢は、そのまま彼の上に重なるように倒れ込んでしまった。

「な、なにするんですか、危ないですよっ」

すると顕彦は意味深な微笑を浮かべ、その耳許に囁いた。

「僕のことを知りたくなった？　きみにならなんでも教えてあげるよ」

酔っているせいか、顕彦の瞳は潤んでいて、その色っぽさに思わずドキリとさせられてしまう。

「な、なに言ってるんですっ、酔っ払いは早く寝てください！」

「つれないなぁ。あ～れ～帯クルクルやらせてくれる約束じゃない」

「一言もいいなんて言ってません。はっきりきっぱり拒否しましたけど」

「そうだったけ？」

と、惚ける顕彦を必死で押しのけ、起き上がろうとすると、開け放したままだった襖の向こうに、寝間着の浴衣姿の恒子が現れた。

「顕彦、こんな夜中に、いったいなにを騒いで……」

そこまで言いかけ、ベッドの上でもつれ合う二人の姿を見て絶句している。

「お、お祖母様⁉」

「な、なんてはしたない……！　せめて、ちゃんと襖を閉めるくらいの羞恥心もないのですか⁉」

「ち、違います、ヤってません！　誤解ですっ」

と、千羽矢は必死に弁解しようとするが。

「僕らは婚約してるんですよ？　最初から同じ部屋にしてくれれば、いいだけなのに。ねぇ、ハニー？」

酔っている顕彦は、さらに事態を悪化させるような軽口を叩くので、千羽矢は片手でその口を無理やり塞いでやった。

「すみません、顕彦さん、かなり酔ってるんです。お部屋まで送っただけなので。おやすみなさい……！」

三十六計逃げるにしかず。

千羽矢は顕彦を布団の中へ押し込むと、あ然としている恒子を尻目にそそくさと逃亡した。

——あ〜〜もうぜったい、こそこそ夜這《よば》いしてヤッてたって思われてるよ〜。

さぞ慎みのない嫁候補として、さらに評価はだだ下がりだろう。

自分の部屋の布団に潜り込むと、千羽矢はちょっぴり顕彦を恨んだ。

そして、いよいよ先代の十三回忌当日。

その日は早朝から台所もフル稼働で、もちろん千羽矢も早々に叩き起こされて手伝わされる。

千羽矢が知っている法事は大抵斎場で執り行われ、料理も業者に手配する形式のものだが、天花寺家では自宅で行うようだ。

料理も、膳などのメインは仕出しのものを取り寄せるが、つまみや副菜、煮染めなどの煮物は前日から仕込んで用意している。

親戚一同が会するだけあって、その量はかなりのものだ。

当日は朝から親戚筋の女性達が入れ替わり立ち替わり台所へやってきて、手伝ってくれる。

千羽矢も勝手がわからないながらも必死で働き、あっという間に時間になったので、また優梨華に手伝ってもらって着付けをする。

優梨華はグレーのワンピース、千羽矢はモスグリーンの色無地と濃紺の名古屋帯《なごやおび》という和装だ。

自分も楽な洋装がいいなと思ったが、どうやら恒子は食事の給仕を千羽矢に手伝わせるつもりなのでそう指定してきたようだ。

着付けが終わったところで、恒子がやってきた。

「千羽矢さん」

「ほ、ほんとにヤッてません！」

つい反射的にそう叫んでしまうと、また『はしたない……』という目で見られてしまう。

「そのお話は、もう結構。以降、慎んでくださいな。今日はたくさんのお客様がいらっしゃいますから、お茶汲みよろしくお願いしますよ」

「は、はい、わかりました」

菩提寺《ぼだいじ》は天花寺家のすぐそばにあるので、まず親族一同揃って寺へ向かう。

当日の参加人数は約五十人ということで、大名行列さながらだ。

本堂でお経をあげていただき、それが終わると全員で屋敷へ戻り、御斎《おとき》の昼食が始まる。

さぁ、そこからが目の回るような忙しさだった。

あちこちの席で酌をし、年配の客にはお茶を淹れ、それこそ息つく暇もない。

親族達は新顔の千羽矢に「誰?」と言いたげな顔をするが、恒子は一切紹介してくれなかった。

――嫁としてはまだ認められないから、親族には紹介しないってことか……。

このままでは、法事のために臨時に雇った人間かなにかだと思われて終わりそうだなと思っているいると。

ふいに背後から肩を抱き寄せられ、驚いて振り返ると、スーツ姿の顕彦がいた。

「ところで、この場をお借りしてご紹介させていただきます。こちらは僕の婚約者の千羽矢です。以後よろしくお願いします」

その声はほどほどに周囲にも聞こえたらしく、皆に「おお、ついに結婚が決まったのか、おめでとう」「お式はいつなの?」などと声をかけられる。

するとすかさず恒子が、「まだ正式に決まったわけではありませんよ」と釘を刺してきた。

が、親族の者達に「顕彦くんが選んだ人なんだから認めてあげないと」などと説得されている。

なんとか法事が終わり、夕方に親族達を全員送り出すと、千羽矢はぐったりしてしまう。

——は〜〜〜疲れた〜〜〜。

体力に自信はあるので肉体的にはそうでもないのだが、なにせずっと緊張を強いられていたので精神的な疲労が大きかった。

「千羽矢さん、お疲れさま。大変だったでしょう？　お陰でとても助かったわ」

客用座布団を納戸にしまったりして、ひと通り後片付けと掃除が終わると、静恵がお茶を淹れてくれる。

「いいえ、私なんかなんのお役にも立てないで」

「田舎の法事って、女性が大変なんだよね。いい加減斎場でやれば楽でいいのに、お祖母様が昔からのしきたりを守りたがる人だから」

と、顕彦。

「旧家のお嫁さんって、ほんとに大変なんですね……」

静恵は慣れているのか、いつもの涼しげな美貌を崩すこともなく、くるくると機敏に立ち働いていたので、千羽矢は尊敬してしまう。

「私が嫁いだ頃からこうだったので、すっかりこれが当たり前になってしまったわ。でもそうね、これからの若い人達は負担になるなら、行事はもっと簡略化していってもいいんじゃないかしら。私達の代までは今のままだと思うけれど、顕彦さんの代では、改革していけばいいと思うわ」

静恵がそう言うと、顕彦はなにか言いたげな表情になる。

「……義母さん、あなたは……」

そこまで言いかけ、結局彼は仕事をするからと離れへ引き揚げていった。

残された静恵の方も、なぜか物悲しげに瞳を伏せている。

――なんか、先生とお義母さんって本音で話せてない感じがするなぁ……。

まだ数日しか彼らを見ていない千羽矢でも、その微妙な空気に気づく。

すると、そこへ恒子がやってきた。

「千羽矢さん、明日は離れの茶室でお茶を点《た》てますから、あなたも出席なさい」

「は、はい、わかりました」

昨晩の件を改めて叱責されるとばかり思って一日びくついていた千羽矢は、それを聞いてほっとしたが、地獄はまさにそこから始まるのだった。

というわけで、千羽矢は翌日も優梨華に着付けを手伝ってもらい、お茶室へ向かった。

何度も優梨華の手を煩わせてしまうので、早く一人でも着付けられるようにならなければと焦る。

天花寺家には母屋のお茶室のほかに独立したお茶室があり、かなりの本格的な草庵《そうあん》風だ。

屈まないと入れない躙《にじ》り口から中へ入ると、今日は恒子と二人きりの対面だったのでさらに緊張する。

「千羽矢さん、お茶のお作法は？」

「も、もちろん嗜《たしな》む程度には。おほほ」

見栄を張ってそう答えるが、大嘘である。

実際は昨晩スマホで検索し、再生動画を観て憶えた、みごとな一夜漬けだ。

「何度か練習したら、うちの生徒さん達と一緒にお茶会に参加してもらいますからね。一日も早くお作法を憶えてくださいい」

「頑張ります……」

普段正座などほとんどしないので、早くも足が痺《しび》れてきたがぐっと耐える。

帛紗《ふくさ》の捌き方や茶碗の持ち方など、一挙手一投足を恒子に観察され、細かいところまで直された。

夏なので、主菓子は彩りも美しいゼリー様の水羊羹だ。

この苦行を耐える千羽矢にとっての、本日最大のご褒美だったが、一口サイズであっという間に食べ終えてしまった。

——お茶菓子は一人一つ限定なんて、切な過ぎる……！

初めて口にしたお抹茶は苦味はあったが、しみじみとおいしい。

「私と同じようにやってごらんなさい」

「は、はい」

釜から柄杓《ひしゃく》で湯を汲み、恒子の真似をして同じようにお茶を点ててみる。

「全然なっていないけれど、最初はまぁこんなものかしらね」

まったく褒められてはいないが、ひどくけなされなかっただけでも上出来ではないかとほっとした。

今日のところは、なんとか乗り切れたようだ。

「それでは、本日はこれまでにしておきましょうか」

「ありがとうございました」

礼儀正しく挨拶し、着物の所作も美しく立ち上がった。

つもりだったが、意に反して千羽矢は最後まで立てなかった。

すっかり足が痺れてしまい、足の感覚がなくなっていたのだ。

「千羽矢さん?」

「な、なんでもありませんから……っ」

バレないように、無理してなんとか立ち上がってはみたものの、みごとに自分で着物の裾を踏んでしまう。

「うわっ!」

豪快に転んだ千羽矢は勢い余って茶室の壁に額をぶつけ、さらに悶絶する。

すると、恒子にはまたあきれた顔をされてしまったのだった。

――はぁ……またやっちゃった。

これではとても、顕彦にふさわしい嫁と認めてもらえない。

認めてもらえなければ依頼された仕事は完了できず、このままではいつまで経っても東京へ帰れない。

痛む額を擦りながら、千羽矢はため息をつくしかなかった。


法事が終わると、仕事があるからと幸延は早々にパリに戻ってしまい、「まったくあの子ときたら天花寺家の人間である自覚が足りな過ぎです」と後継者問題をはっきりさせたかった恒子はご立腹だ。

千羽矢への風当たりも相変わらずだったが、だんだんと慣れてきた。

他人の家（しかも豪邸）に泊まるのは、最初は緊張して眠りが浅かったが、数日経つと意外に図太い千羽矢はすっかり和室と布団での生活にも慣れて安眠を貪る。

その晩、床に就いた千羽矢は珍しく長い夢を見た。

夢というより、現実にあったことだ。

自分ではすっかり忘れていた、小学生の頃の夢だった。

当時八歳だった千羽矢は、小学校の帰りにいつも数人の友達と近所の公園で遊ぶのが習慣だった。

いつの頃からだっただろうか。

千羽矢達が遊びに来る夕刻になると、どこからともなく一人の青年が現れることが多くなったのは。

青年はなぜか、いつも大量のお菓子の入ったビニール袋を提げ、一人ベンチに座ってそれを食べているのだった。

「おい、また来てるよ」

「ほんとだ」

下校途中の小学生にとって、青年がこれ見よがしに膝の上に広げている菓子類はとても魅力的で、必然的に皆が彼に注目することになる。

すると青年は『おいでおいで』と手招きし、千羽矢達に「食べる？」と菓子を差し出してきた。

「……お母さんが、知らない人から物もらっちゃだめだって……」

一人がそう尻込みしながらも、誘惑に勝てずに近づいていく。

「お兄ちゃん、悪い人？　俺達をユーカイしようとしてるんだろ！」

疑い深いもう一人がそう詰問すると、青年はおかしそうに笑った。

「こんなに大勢を一度に誘拐するのは、ちょっと難しいなぁ。お菓子買い過ぎちゃって、一人では食べ切れないんだ。残すのもったいないだろ。よかったら手伝ってくれる？」

青年は優しそうに見え、とても悪いことをする人には見えなかったので、千羽矢達は顔を見合わせ、目線で『どうする？』と相談した。

「僕のことは、ジョニーと呼んでくれ。ジョニデに似てるだろ？　さぁ、自己紹介したから、もう知らない人じゃないよ。どうぞ」

と、ポテトチップスを差し出され、一人が我慢できずにそれを受け取った。

つられて一人、もう一人とお菓子を食べ始める。

青年は格好良かったけれど、ジョニデには似てないいんじゃないかなと思いつつ、千羽矢もつい手を伸ばしていた。

その日以来、青年は『子どもにお菓子あげたがりのジョニー』と呼ばれ、それからも度々公園を訪れてはお菓子を振る舞ってくれた。

ジョニーはいろいろ話しかけてきて、こんな子ども相手にしてなにが楽しいのだろうと本気で不思議だった。

だんだんジョニーに慣れてくると、千羽矢の仲間は一人でも平気でお菓子をもらいに行くようになった。

千羽矢はちょうどその頃、父親を病気で亡くしたばかりで、寂しさから一人落ち込むことが多くなっていた。

友達の前では元気に振る舞っていても、一人になるとついぼんやりしてしまう。

胸にぽっかり大きな穴が空いてしまったようで、その空洞を持て余していたのだ。

その日はたまたま、仲のいい子達が塾や用事で先に帰ってしまったので、千羽矢は一人で公園に立ち寄った。

母は仕事で帰りが遅いので、家に帰ってもつまらないからだ。

だが、公園に行けばジョニーがいるかもしれない。

息せき切って駆けつけると、果たしてジョニーはそこにいた。

いつものようにベンチで、菓子を広げているので、千羽矢は恐る恐る近づく。

「やぁ、こんにちは。今日は一人？」

「……うん」

少し距離を置いてベンチに座ると、ジョニーはアイスを差し出してきた。

ゴリゴリくんという名の固いキャンディーバーは、千羽矢の好物だった。

「きみは、いつも少し寂しそうだね」

「そうかな？　父さんが……病気で死んじゃったからかも」

「そうか、それはつらかったね」

ジョニーも同じアイスを取り出し、二人は並んでゴリゴリくんを囓《かじ》る。

母は毎日泣いていたけれど、自分まで一緒に泣いてしまったら、母がもっと悲しくなってしまうような気がして、家では泣けなかったのだ。

「……こんなに早く死んじゃうなんて、思ってなかったんだ。いつも仕事で忙しくて、あんまり一緒に遊べなかった」

こんなことになるなら、もっと我が儘を言って、たくさん遊んでもらえばよかった。

頭をよぎるのは後悔ばかりだ。

胸にぽっかりと空いてしまった大きな穴は、幼い千羽矢を苦しめていた。

「男の子だから、お母さんの前では泣けないよな」

その言葉に、千羽矢はこくりと頷く。

「誰も見てないから、泣いていいよ。僕のことも、いないと思えばいい」

本当にさりげなく、なにげなく、ジョニーがそう呟く。

驚いて隣の彼を見上げると、ジョニーはあらぬ方を向いてこちらを見ないようにしてくれた。

その時唐突に、それまでずっと我慢していた涙が溢れ出す。

「う……うぅ……っ」

いつのまにか、千羽矢は声をあげて泣いていた。

けっこう長い時間ぐずぐずと泣いていたような記憶があるが、千羽矢が泣きやむまで、ジョニーはただ黙ってそばにいてくれたのだ。

あの日のゴリゴリくんは甘くて、そして涙で少しだけしょっぱくて。

千羽矢はあの味を忘れられなかった。

それから、千羽矢はジョニーに会えるのを楽しみに公園に通うようになった。

なにせ小学生のことなので、話すのも今日学校であった出来事など、他愛もないものなのだが、ジョニーはいつも真剣に聞いてくれた。

だがそのうち、児童の父兄達から通報があったのか、ジョニーは警官から職務質問を受け、それから公園には姿を見せなくなってしまった。

大人達は『まるで子どもを手なずけて悪戯《いたずら》しようとしている変質者だ』と騒いだが、千羽矢にはそうは思えなかった。

話しているとジョニーは本当に楽しそうだったし、そんな悪人にはどうしても見えなかったから。


そこではっと目が覚め、千羽矢は布団から跳ね起きる。

Fresh
Vegetables
Fresh

――夢か……。

ずいぶんと懐かしい夢を見てしまったなと、大きく伸びをする。

「ジョニー、元気かなぁ」

もう顔もよく憶えていないが、当時二十前後くらいの年頃だったから、今は三十代前半くらいのはずだ。

なぜこんな昔の夢を見てしまったのだろうと不思議に思いつつも、急いで洗顔と着替えを済ませ、朝食の支度を手伝うために台所へと向かう。

なにせ嫁候補の一日は早いのだ。

連日の特訓の成果もあって、滞在して十日ほどすると千羽矢は一人で着付けができるようになっていた。

「よし、一段落着いたかな」

午前中の掃除が終わり、昼食の後にお花の稽古をこなした後、夕食の支度まで少し時間ができたので、千羽矢は部屋で着付けの練習をしようかなと和服姿で自室へ向かった。

すると、廊下から庭で鯉に餌をやっている源三の姿が見えた。

――あ、お祖父様だ。

食事の席でも寡黙でほとんど喋らないので、千羽矢はまだ彼とまともに言葉を交わしたことがなかった。

なので、土間にある下履きを拝借し、庭に下りていって声をかける。

「あの、私も餌をあげてもいいですか？」

すると源三は少し驚いた様子で振り返ったが、やがて無言で千羽矢に鯉の餌袋を差し出した。

「ありがとうございます」

餌をもらい、少しずつ水面に落とすと、鯉がパクパクと口を開けて食べてくれる。

「可愛いですね。あの大きいのが、ボスっぽい感じ」

「……あれは、大正三色《たいしょうさんしょく》だ。品評会で金賞を受賞した」

「へぇ、すごいですね」

そのまま二人は池の縁に佇み、静かに餌やりを続ける。

相変わらず源三はなにも語らないが、無口な人だと知っているので気にならない。

なので、千羽矢は勝手にあの鯉の柄は蝶に似ている、などと一方的に話し続けた。

そろそろウザがられるかな、と頃合いを見て退散しようとすると、ふいに「きみ、囲碁はできるかね？」と聞かれる。

「はい、下手ですけど」

「少し相手をしてくれるかい？」

思いがけないお誘いに、千羽矢は「喜んで！」と二つ返事で了承した。

そんな訳で、源三の部屋へお邪魔し、碁盤を挟んで一局交えることになる。

源三は有段者らしいので、千羽矢は三つ石を置かせてもらった。

「顕彦さん、東京ではテレビに出演したりしてご活躍なんですよ。あ、こっちの方ではテレビ局が違うから、放送されてないのかな？　よかったら今度、ブルーレイに焼いて送りますね」

源三はなにも言わないけれど、遠く離れた顕彦の東京での生活をいろいろ知りたいのではないかと考え、千羽矢は日常のあれこれを語って聞かせた。

それを、たまに相槌《あいづち》を打ちながら、源三は黙って聞いている。

源三が手加減してくれたのだろう、勝負はなかなかの接戦だったが、源三の勝利に終わった。

「わ、お祖父様お強いですね。参りました！」

そろそろ夕食の支度を手伝わなければならなかったので、千羽矢は部屋を辞そうと立ち上がる。

すると、源三が最後にぼそりと言った。

「よかったら、また相手をしてくれるかね？」

「はい、もちろんです」

よかった、うるさがられていなくて、と千羽矢はにっこりした。


それから千羽矢は、手が空くとちょくちょく源三の部屋を訪れ、囲碁の相手をしたり、一緒に庭を散歩したり鯉に餌をやったりして過ごした。

寡黙な源三はほとんど話さないので、大抵千羽矢が一方的に話し、時折源三が相槌を打ってくる程度だ。

だが、その静謐《せいひつ》な時間がなぜかとても居心地がよくて、不思議だった。


「きみ、お祖父様に気に入られてるね」

その話をすると、顕彦にそう言われる。

「え、そうですか？　囲碁のお相手としては未熟で、まともな相手にもなってないんですけど」

「そういうことじゃなくて、見ていればわかるよ」

離れの自室の机でパソコンに向かっていた彼は、執筆に飽きたのか大きく伸びをした。

「さて、婚約者は僕を差し置いてお祖父様のところばかり行くんだけど、ちょっと僻《ひが》んでもいいかな？」

「そ、そんなこと言われても……ちゃんとこうして先生のところにも、手伝いに来てるじゃないですか」

「真面目に仕事してるか、監視に来てるだけだろ。さては林くんに頼まれたな？」

「林さん、まだ新人だから先生に手を焼いてるのを見るのがかわいそうで、つい。あんまり林さんの毛根にストレス与えないであげてくださいね。若いのに、その……薄くなってきたって悩んでたんで」

「今はいいウィッグがあるから、大丈夫だよ」

「そういう問題じゃないと思いますけど」

と、千羽矢は積み上がっていた本を顕彦の机の隅に置くと、タスキを解く。

このところ和服で生活しているので、すっかり板についてきた。

「資料まとめ、しておきましたから後でチェックしてくださいね」

「もう行っちゃうの？」

「これから、またお茶のお稽古です。嫁候補はやること山積みで忙しいんですよ」

離れを後にすると、千羽矢はそのまま母屋の広間茶室へと向かう。

今日は初めて、恒子の弟子達と一緒のお茶会なのだ。

事前の準備を手伝い、定刻になると次々訪れる弟子達を出迎える。

嫁入り道具にと習いに来ているのか、二十代、三十代の女性が多い。

今日は六人参加だったが、中でも一人、とびきり華やかな美貌の女性がいて、かなり目立っていた。

着物も見るからに高価そうな大島紬《おおしまつむぎ》で、いかにも良家の子女といった雰囲気だ。

「ようこそお越しくださいました」

千羽矢が丁重に出迎えの挨拶をするが、その女性はなぜかじろりと千羽矢を一瞥《いちべつ》し、ツンと顎を逸らした。

「……？」

訳がわからないまま、お茶会が始まり、千羽矢は彼女達と共に席に着く。

さて、また苦行の始まりだ。

足の親指を重ねて座るようにすると、足が痺れないとの情報をネットで仕入れた千羽矢は、さっそくそれを実践する。

が、あまり効果はなく、三十分もすると早くも感覚がなくなってきた。

――皆、どうして平気なんだよ？　どんな身体の構造してるんだ？

なんとかしようと着物の尻をモゾモゾさせていると、並びのさきほど無視された女性にいかにもバカにしたように鼻で笑われてしまった。

――なんかこの人、さっきから感じ悪いな。

初対面で、そう目の敵にされる理由もないのだが、と不思議に思っているうちに、なんとか本日のお茶会が終了する。

――やった、終わった！

とはいえ、痺れてすぐ立ち上がると、またこないだのように転倒しそうなので、千羽矢はわざとゆっくり帛紗や道具を片付け、時間を稼ぐ。

その間に、他の生徒達は次々お茶室を出ていったが、くだんの女性はそんな千羽矢を睥睨《へいげい》し、恒子に向かって聞こえよがしに言った。

「先生、なんだか最近お茶会に参加する実力が伴っていない方がいらっしゃるようですけど、私の気のせいでしょうか？」

明らかな自分へのあてこすりに、千羽矢は驚いて女性を見上げる。

「いいえ、気のせいではありませんよ。千羽矢さんは初心者ですから」

と、恒子も千羽矢を前にフォローすることもなく、淡々と答えた。

――お祖母様、キッツい……！

相変わらずの塩対応が、ぐさりと胸に突き刺さる。

「あら、この方でしたの、顕彦さんが連れてらした方って。あの顕彦さんがお選びになった方ですから、どんな素敵な女性なのかと思って楽しみにしていたんですけど」

と、女性は意味ありげに、ちらりと千羽矢へ視線を投げる。

「そんな期待をするほどではありませんよ」

――お、お祖母様～！　そんな、身も蓋もないっ。

恒子にあっさり低評価に同意されてしまい、立つ瀬のない千羽矢は、引きつった笑顔を浮かべるしかない。

「こちらは神谷《かみや》撫子《なでしこ》さん。顕彦とは幼馴染みで、市議会議員、神谷吾郎《ごろう》さんのお嬢さんなんですよ。お茶とお花は免許皆伝、この辺りでは有名な才媛《さいえん》です。あなたも見習うように」

「は、はぁ……」

「まぁ、先生ったら、持ち上げ過ぎですわ」

口ではそう謙遜しつつ、その紹介に撫子は実に満足げな表情だ。

「私、顕彦さんがデビューされた時からずっと応援しているんです。正直、縁談は山のようにいただいているのですけれど、私が嫁ぐのは顕彦さんただ一人と心に決めて、今まで断り続けてまいりました」

「私も撫子さんなら、天花寺家の嫁として申し分ないと思っていたんですが、顕彦が決めることですからしかたがないですね」

言いたいことを言うと、恒子はさっさと道具を片付けに茶室から出ていってしまう。

ようやく足の痺れが取れた千羽矢が、なんとか立ち上がると、撫子はきっと睨みつけてきた。

「あなた、どうやって顕彦さんに取り入ったか知らないけど、世の中には分相応って言葉があるのをご存じ？　結婚は、家同士の釣り合いというものがあるの。愛だの恋だの浮ついたことを言っていられるのは、恋愛中だけ。誰がどう見たって、顕彦さんにふさわしい花嫁は、私の方よ」

——この人、ほんとに先生のことが好きなんだなぁ……。

顕彦とは幼馴染みということなので、もうずっと昔から顕彦のことが好きで、デビューしてからも応援し続けてきたのだろう。

「お……私もそう思うんですけど、いろいろ事情があるっていうか、なんというか……」

千羽矢がつい本心からそう答えてしまうと、それを強者の余裕と受け取ったのか、撫子が般若の形相になった。

「いいわ、見てなさい。顕彦さんは絶対私に夢中にさせてみせるから……！」

高らかにそう宣言すると、撫子は憤然と茶室を出ていったのだった。


「だそうですよ、先生。もうめんどくさいから、大人しくお祖母様の言うことを聞いて撫子さんと結婚しちゃってください」

その晩、いつものようにこっそり顕彦の部屋を訪れ、今日あった出来事を報告すると、パソコンに向かっていた顕彦がくすりと笑う。

「見ていなくても、光景が目に浮かぶよ。撫子ちゃんは勝ち気で負けず嫌いだからなぁ」

「笑い事じゃありませんよ。他の生徒さんも先生目当ての人が多くて、俺、マジで針のむしろですよ。ストレスで胃に穴が空いちゃうかも」

なにげなくそう愚痴《ぐち》ると、顕彦がふっと微笑んだ。

「僕の可愛い仔猫ちゃん。どうしたらご機嫌直してくれる？」

「いやいや、だからそういうセリフは本物の恋人に言ってくださいよ。先生が大人しく撫子さんと結婚すればいいだけの話じゃないですか。あんなに好きでいてくれてるんだし、きっといいお嫁さんになると思いますよ？」

「つれないな。僕はこんなにきみのことが好きなのに」

不覚にも、不意打ちを食らい、ドキリと鼓動が跳ね上がる。

「な、なに言ってるんですか、またふざけて、もう！」

「撫子ちゃんは小さい頃から知っていて、妹のような存在なんだ。可愛いし大事だけど、恋愛対象にはならない」

「……そうなんですか」

顕彦の返事に、千羽矢はなんとなくほっとしている自分に気づいて愕然とした。

——な、なんだ、今の気持ちは……？　なんで先生が撫子さんと結婚する気がないってわかって、俺がほっとするわけ⁇

自分でもさっぱりわからなくて、混乱する。

もしかしたら、長時間顕彦の婚約者という役柄になりきって生活しているので、おかしな感情移入をしてしまったのかもしれない。

——だいたい、先生がいけないんだよ。しょっちゅう口説いてくるから、こっちもヘンな錯覚しちゃうんだ。

と、顕彦に責任転嫁してみる。

すると、そこへ廊下から足音が聞こえてきて、「顕彦さん」と恒子の声がした。

顕彦が中から襖を開けると、恒子は室内にいた千羽矢をじろりと一瞥する。

全然いちゃついてなんていませんよ、というパフォーマンスのために瞬時に飛び退き、顕彦から距離を空けていた千羽矢は愛想笑いを浮かべた。

「来週末のお茶会は、あなたも久しぶりに参加なさい。生徒さん達があなたを呼んでくれと大騒ぎなんですよ」

「いいですけど、しばらく茶器に触っていないから、不作法かもしれませんよ」

「かまいません。どうせほかにも素人がいるんですから」

と、恒子はちらりと千羽矢へ視線を投げ、そのまま行ってしまった。

「……お祖母様、毎度キッツい……俺のこと、よほど気に入らないんですね」

自分なりに頑張っているんだけどな、と千羽矢はがっかりする。

「そうかな？　お祖母様は本当に箸にも棒にもかからないと思ったら、その存在を無視する人なんだ。だから苦言を呈してくるだけ、きみには見込みがあると思ってるんじゃないかな」

「慰め、ありがとうございます。あんまり浮上できないけど」

とはいえ、落ち込んでばかりもいられない。

顕彦の嫁と認めてもらえなければ、東京に戻れないのだから。

「いただく報酬分の仕事はちゃんとしないと、ですよね！　頑張ります！」

千羽矢が自分にカツを入れるため、そう気合を入れると、顕彦はなぜか少し複雑そうな表情になった。

「どうかしました？」

「いや……きみにとってこれは仕事なんだという、当たり前の現実をうっかり忘れかけていたよ。きみが本当に僕の恋人で、こうしてそばにいてくれたらいいという、僕の願望のせいかな」

「先生……」

「おかしなことを言ってすまない。もうひと頑張りしてから寝るよ」

暗に仕事をするから出ていってくれと促され、千羽矢はやむなく席を立つ。

「それじゃ、あの……おやすみなさい」

「ああ、おやすみ」

顕彦の書斎を出て自室へ戻る途中、千羽矢はなんとなくモヤモヤとしたものを胸に抱えて歩いた。

——あんなこと言われて、あんな顔されて、いったい俺はどうすればよかったんだ？

だって、自分が顕彦に雇われて、報酬目当てでここにいるのは純然たる現実なわけで。

どう答えればよかったのだろう？

悶々としながら離れを出て、母屋の廊下を歩いていると、通り道にある優梨華の部屋の襖が開き、彼女がひょこりと顔を覗かせた。

「千羽矢くん、顕兄のとこ行ってたの？」

「え、ええ」

「ちょっと寄っていきなよ。おいしいお菓子あるから」

「いいんですか？」

食べ物につられやすい千羽矢は、二つ返事で優梨華の部屋へ寄ることにする。が、彼女だけかと思っていたら、部屋の中には先客がいた。

優梨華と同い年くらいの、線の細い青年だ。

眼鏡をかけた、いかにも気弱そうなその青年は千羽矢を見ると、ぺこりと会釈してきた。

どこかで見たことがあるような気がして、先日の法事に参列していたと思い出す。

「法事ではバタバタしちゃってて、紹介してなかったよね、幼馴染みの俊介《しゅんすけ》。俊介、この人が顕兄の婚約者の千羽矢さんよ」

「初めまして」

「こちらこそ、よろしくお願いします」

初対面の挨拶を済ませると、優梨華は和栗がふんだんに入ったフィナンシェをご馳走してくれた。

どうやら俊介が土産に持ってきたらしい。

だが、千羽矢もお茶の席に加わってすぐ、俊介がそわそわと立ち上がった。

「じゃあ、僕はそろそろ帰るから」

「え、もう？」

「うん、母さんからのお遣いで寄っただけだから。また来るね」

帰る前に恒子に挨拶していくという俊介は、千羽矢にも一礼して優梨華の部屋を出ていった。

「俊介、お祖母様のことが怖いのよ。あんまり私の部屋にいると、嫁入り前の娘のところにって叱られるの。いつもビクついちゃって、男らしくないったら」

と、優梨華はそれが不満そうだ。

「でも、幼馴染みで大人になってからも仲がいいなんて楽しそうですね」

「まぁね。赤ちゃんの頃からの付き合いだから、弟みたいなものかな」

聞けば、俊介は優梨華より一つだけだが年上らしいのに弟扱いしているところで、二人の力関係がよくわかる。

俊介の実家は農家を営んでおり、天花寺家から車で十分ほどのところにあるらしい。

もっとも実家は既に長男が跡を継いでいて、次男である俊介は今年大学を卒業した後、天花寺家の不動産会社に入社したとのことだった。

「法事でわかったと思うけど、うち、無駄に親族多いし、ご近所付き合いも大変なの。関係もそれなりに複雑だしね」

「複雑……というと？」

「顕兄と私達、母親が違うって言ったでしょ？」

「ええ、まぁ……」

それまで触れにくかった話題だったので、千羽矢も言葉を濁す。

「そのせいなのかな。顕兄は優しいけど、どこか一線引いてて、そこから先には誰も立ち入れないの。家族にも本音を晒《さら》さないっていうか、無理に立ち入るのも気が引けるっていうか。この感じ、わかってくれる？」

「なんとなくわかります」

ウィットに富んだ会話に、紳士的な態度。

顕彦は誰に対しても如才《じょさい》なく優しいが、彼の心の内には容易には踏み込めない、見えない壁のようなものがあるのは千羽矢も薄々感じ取っていた。

「でも、千羽矢くんといる顕兄を見てると、ほかの人より心を許してるような気がするの。こんなの初めて」

「そうなんですか？」

意外な感想に、自覚がなかった千羽矢は驚く。

「でも、それって俺がガキだから、気安く子ども扱いしやすいってだけかも」

「そんなことないよ。まぁ、そのうちわかると思うよ。顕兄、昔から他人に本心を見せない人なんだ。これからも顕兄のこと、よろしくね」

そんな話をした後、菓子をご馳走になった礼を言って優梨華の部屋を辞し、千羽矢は自室へ戻る。

――やっぱり優梨華さんも、先生のこと心配なんだな……。

誰にでも優しいけれど、決して他人には心の奥底を見せない顕彦。

この先、彼とどうやって接していけばいいのだろう？

考えても、よくわからなかった。

――動画見て、お茶の練習しようっと。

それ以上考えてもしかたがないと自分に言い聞かせ、部屋に戻った千羽矢はスマホで録画させてもらった恒子の帛紗捌きを参考に、人知れず練習を積んだのだった。

◇　◇　◇

こうして瞬く間に時は過ぎ、千羽矢達が天花寺家に居候するようになって、早半月を迎えようとしていた。

相変わらず恒子の特訓は厳しく、毎日が忙しかったが、気分転換に散歩に行こうと顕彦に誘われ、ちょうど手が空いた千羽矢は付き合うことにする。

天花寺家の敷地が常識外れて広大なため、隣家までは歩いて十五分近くもかかるのだ。

「はぁ、いいところですね。空気もおいしいし」

周囲を緑に囲まれ、ちょっと近所を散策するだけで森林浴が楽しめるなんて、素晴らしいと千羽矢は大きく深呼吸する。

「きみ、田舎暮らしの現実をわかってないね。どこへ行くにも車が必須だし、買い物も隣町まで行かないと揃わないから、週末にまとめて買い出しに行かなきゃいけないんだ」

「そっか、それじゃお年寄りの独り暮らしは不便ですよね」

「そういう世帯のために、定期的に移動販売の車が来たりしてるけどね。この辺りは農家さんが多いから、皆自給自足に近い生活をしているよ」

そんな話をしながら歩いていると、通りかかった畑で老婦人が一人で大根の収穫をしているところに出くわした。

「あれ、天花寺さんとこの坊っちゃま。お久しぶりですねぇ」

割烹着に軍手姿の、七十代後半とおぼしきその婦人は、日よけの帽子を上げて顔を見せる。

「やぁ、佳枝《よしえ》さん。すっかりご無沙汰してしまって。お元気そうでなによりです」

近所で顔見知りなのか、顕彦も親しげに挨拶している。

その際、ためらいもなく「僕の婚約者です」と紹介され、いまだ気恥ずかしい千羽矢だ。

「元気もなにも、父ちゃんが死んじまったんで、自分でやるしかないからねぇ。自分の食い扶持くらいの野菜は育ててるんですよ」

佳枝と呼ばれた婦人の足許には、抜いた大根が山積みになっていたが、まだ畑には半分ほど残っている。

「あの、よかったらお手伝いしましょうか？」

千羽矢がそう申し出ると、佳枝は慌てて「天花寺さんとこのお嫁さんに、そんなことさせられないですよ」と遠慮する。

「私、こう見えて力持ちなんですよ。顕彦さんは先に帰っていてください」

ブラウスの袖をまくりながら言うと、顕彦が苦笑する。

「僕も手伝うよ。三人でやった方が早く終わるからね」

「坊っちゃままで、すみませんねぇ」

佳枝に軍手を借り、千羽矢はまず太い大根の葉の付け根を両手でしっかりと持つ。

「腰を入れて、引っ張ってください。気をつけないと尻餅つくから注意して……」

「ひゃっ！」

と、佳枝が教えてくれるそばから、勢い余った千羽矢は後ろにひっくり返り、盛大に尻餅をついてしまった。

「大丈夫？」

「はは、思ったより難しいですね」

顕彦に手を貸してもらい、立ち上がった千羽矢は照れ隠しにジーンズについてしまった土をはたき落とす。

すると、足許の窪みに足を取られ、さらにぐらついてしまい、顕彦の胸に受け止められる格好になってしまった。

「す、すみません」

焦って軍手の甲で額の汗を拭うと、顕彦がその手首を摑んで止める。

「おでこに土がついてるよ。じっとして」

「せ、先生……？」

親指の腹で、顕彦は丁寧に千羽矢の額についていた土を拭い落としてくれた。

その様子を見ていた佳枝は、「あらあら、仲良しですねぇ。結婚したらいいご夫婦になりますよ、きっと」と言ったので、千羽矢は耳まで紅《あか》くなる。

「だろ？　僕もそう思うよ。三国一の花嫁をもらう僕は果報者なんだ」

と、顕彦も堂々とのろけるので、ますます困ってしまう。

顕彦の言葉通り、三人でやるとあっという間に作業は終わり、佳枝がお礼に縁側でお茶と手作りのかぼちゃの煮物を振る舞ってくれた。

帰りにはビニール袋にぎっしりと詰まった大根をお土産に持たされ、かえって悪かったのではと千羽矢は恐縮する。

「一人じゃ食べきれないから、いつもご近所にお裾分けしてるんですよ。遠慮しないで持っていって」

「それじゃ、遠慮なくいただきます」

佳枝に重ねて礼を言い、二人はお暇する。

「おいしそうな大根ですね。冬ならふろふき大根だけど、今の季節ならシャキシャキの大根サラダとか、あ、鶏手羽と大根の煮物もいいかも。先生はなにが食べたいですか？」

ほくほくしながら帰り道でそう問うと、顕彦はそんな千羽矢をじっと見つめている。

「な、なんです？　まだ顔になにかついてます？」

「いや、僕の婚約者は可愛いなぁと思って」

「ま、またそんなこと言って……！　おだてたって、なにも出ませんからね」

そんな話をしながら歩いて屋敷へ戻ると、普段なら加代が出迎えてくれるところを、なぜか撫子が二人を待ち構えていた。

「お帰りなさい、顕彦さん」

今日はナチュラルメイクに、男受けのよさそうな白のワンピース姿でばっちり決めてきた彼女は、優雅にそう告げる。

「こんにちは」

千羽矢も一応挨拶するが、撫子にツンとそっぽを向かれて無視された。

「今日はどうしたの？」

「顕彦さんの新刊にサインいただきに来たの。お友達の分もお願いできる？」

「いいよ、ちょっと待って」

顕彦がサインペンを取りに書斎へ向かうと、撫子はきっと千羽矢を睨みつける。

「あなたなんかに絶対顕彦さんは渡さないから。尻尾を巻いて東京に帰るなら今のうちよ？」

「今日、すごくおいしそうな大根いただいたんですよ。何本か持って帰ります？」

「いらないわよ。ちょっと、あなた人の話聞いてるの⁉」

「じゃ、今煮物作って来るので、顕彦さんのお部屋で待っててくださいね」

相手をしてもしかたがないので、いきり立つ撫子を華麗にスルーし、千羽矢は大量の大根を提げて台所へ向かう。

加代にそれを見せると、「あらまぁ、立派な大根ですねぇ」と喜んでくれた。

さっそく二人で皮を剝き、今晩のおかずに鶏手羽と大根の煮物を作ることになった。

料理をしながら、今頃二人はなにをしているのだろうかと考える。

いくら顕彦にその気がないといっても、あれだけの美人に密室で迫られれば、顕彦だってふらりと揺らぐのではないか。

そんなことを考えていると、危うく包丁で指を切りそうになり、ひやりとした。

——バカだな、そんなの、俺が心配することじゃないのに。

いったいなにを考えているのだろう、と千羽矢は自身を叱咤する。

大きな鍋に大量の鶏手羽と大根を仕込み、コトコトと煮込むこと、数十分。

出来たての料理を皿によそい、千羽矢はそれを盆に載せて顕彦の部屋まで運んだ。

襖を開ける時、多少ためらったが、声をかけると「どうぞ」と言われたので中へ入る。

すると顕彦は机に、撫子は来客用のアンティークソファーに座っていた。

「顕彦さん、撫子さん、鶏手羽と大根の煮物ができたので、よかったら味見してください」

「おいしそうだね、どれどれ」

と、顕彦はあ～んと口を開く。

どうやら、食べさせてということらしい。

――まったく、もう……。

撫子の前でラブラブっぷりを見せつけたいのだろうが、こちらへの風当たりが強くなるんだけどなぁ、と思いつつ、箸で煮物を口へ入れてやる。

「うん、よく味が染みていておいしいよ。千羽矢の料理は世界一だ」

顕彦はにっこり微笑み、平然とそんな殺し文句を吐く。

射殺されそうな目つきで撫子に睨まれ、進退窮まった千羽矢は、「撫子さんも、あ〜ん」となかば強引に彼女の口許へ煮物を持っていった。

「い、いらないわよ、もがっ……」

拒絶しようと開かれた唇に、すかさず押し込むと、撫子はやむなく咀嚼《そしゃく》し、沈黙した。

そして、「……まぁまぁね。私の料理の方が断然おいしいけど」とのたまう。

「へぇ、それじゃ今度撫子さんの手料理ご馳走してください」

「なぜこの私が、あなたなんかに手料理振る舞わなきゃいけないのよ。図々しいわねっ」

「はは、二人はもうそんなに仲良くなったんだね」

「顕彦さん!?　どこをどうしたら私達が仲良く見えるっていうの!?」

天然にもほどがある顕彦の反応に、撫子があきれている。

「撫子さんの分、タッパーに詰めておいたので、お土産に持って帰ってくださいね」

と、千羽矢。

「あ〜〜もう！　あなた達天然カップルの相手はしてられないわ」

そうキレて帰っていった撫子だったが、千羽矢が用意した煮物はちゃっかり持っていったのだった。

数日後、千羽矢がネットで検索し、庭先で段ボールを使って即席で作った燻製《くんせい》ボックスを焚《た》き火で燻《いぶ》していると、また車を運転して撫子がやってきた。

駐車場に車を停め、煙そうにして近づいてくる。

「なにしてるのよ？」

「たくさん卵をいただいたので、日持ちさせるのに燻製卵作ってみようかなと思って。アパートとかマンションだと庭がなくて、焼き芋とか燻製とかできないから、楽しいですね」

また畑仕事を手伝い、すっかり仲良しになった佳枝から燻煙材をもらったので、人生初燻製にチャレンジしてみることにしたのだ。

ゆで卵のほかにも、頂き物のソーセージやベーコンもあるというので、それらも入れてある。

今が冬なら、焼き芋を作りたかったなと千羽矢はほくほくした。

「ほんと暢気な人ね、あなたって」

「チーズもありますよ。味見します？　おいしいですよ」

と、千羽矢は燻製ボックスからチーズを取り出し、ナイフで一切れ切って差し出す。

ためらいながらもそれを受け取った撫子は口に入れ、「……おいしいわね」と渋々認めた。

「今日はどうしたんです？　顕彦さんなら離れでお仕事中なんですけど」

「……煮物押しつけられたから、タッパーを返しに来たのよ！」

と、撫子は提げていた紙袋を千羽矢に差し出す。

中を見ると、綺麗に洗ったタッパーの中には紙ナプキンが敷かれ、おいしそうなアップルパイが入っていた。

「わ、おいしそう！　いただいていいですか？」

「べ、別にかまわないけど」

いただきます、と千羽矢は大喜びでそれを手掴みで頬張る。

「すごくおいしい……！　撫子さん、本当にお料理上手なんですね」

「当たり前のことを言っても、褒め言葉にはならないのよ。憶えておきなさい」

「あ、もっと燻製食べます？　ジャーキーもおいしいんですよ」

「そ、そう？　そこまで言うなら、食べてあげないこともないけど」

と、なんだかんだ二人でちょこちょこ味見をしていると、外出していた恒子がタクシーで戻ってきた。

「お帰りなさい、お祖母様。連絡いただいたら車でお迎えに行きましたのに」

千羽矢がそう出迎えると、和服に羽織姿の恒子はじろりと二人を睥睨する。

「あなた、いったいなにしてるの？　煙臭いわ」

「あ、燻製作ってるんですよ。近くに民家もないし、迷惑かからないからいいかなと思って」

「周りに迷惑はかけなくても、うちの敷地が臭いじゃないの。まったくあなたって人はもう、なにをやらかすかわからないわね」

恒子のお小言が始まったので、撫子は「わ、私用事があるのでこれで……」と早々に逃げ帰ってしまった。

どうやら撫子も、恒子の説教は苦手らしい。

なので早々に燻製を切りあげ、千羽矢は出来上がったものを台所へ運んだ。

加代は目新しいと喜んでくれたので、ほっとする。

すると、よそいきから普段着用の着物に着替えを済ませた恒子が、割烹着を羽織りながら台所へとやってきた。

「今日は私が煮物を作ります」

「まぁ、大奥様の煮物、皆さんきっとお喜びになりますよ」

加代の口ぶりだと、恒子の煮物はよほどおいしいらしく、千羽矢も興味が涌《わ》く。

「お祖母様、よかったら天花寺家の味つけ、私にも教えていただけませんか？」

するとと、恒子はまたじろりと千羽矢を一瞥する。

「別に無理にうちに合わせる必要はないんですよ？　都会の方は都会の味つけでいいんじゃないかしら」

「お、大奥様……」

とりつくしまもない恒子の対応に、間に入った加代がおろおろと狼狽《うろた》えている。

――ううむ、難攻不落のお祖母様だぜ……。

だが、千羽矢はめげずににっこりする。

「まぁ、それはそうなんですけど、どうせ作るなら皆さんに喜んでもらえる方が作り甲斐があるじゃないですか。門外不出の秘伝なら、絶対口外しないので、お願いします！」

深々と一礼すると、恒子はバツが悪そうに「……まぁ、そこまで言うなら、教えないこともないですけどね」と折れてきた。

「ありがとうございます！」

相手の気が変わる前にとすかさず礼を言い、千羽矢は一言も聞き漏らすまいとメモを取り出した。

「今日の煮物は、千羽矢さんが作ってくださったんですよ」

夕食の席で、膳を調えた加代が皆に、そう声をかけてくれる。

「へぇ、そうなのか。いつものうちの味つけだから、全然わからなかったよ」

とてもおいしいよ、と寛や顕彦達が褒めてくれる。

「そうですか？　お祖母様に秘伝のレシピ、教えていただいたんです」

千羽矢が屈託なく喜ぶと、恒子はツンと頤《おとがい》を逸らす。

「どうしてもと言うので、しかたなくですよ。煮物一品こなしたくらいで、うちの嫁を名乗れるなんて思わないでほしいものだわ」

「お、お義母様……」

今度は静恵がおろおろし出すので、千羽矢はにっこりする。

「はい、わかってます。ほかにもたくさん教えてくださいね」

なにを言われてもめげず、笑顔で応対する千羽矢に、恒子もやや毒気を抜かれたようだ。

夕食の後片付けの際、洗い場でたまたま静恵と二人きりになる機会があったので、千羽矢はずっと気になっていたことを聞いてみた。

「あの、お義母様は私と顕彦さんの結婚のこと、どう思ってらっしゃるんですか？」

すると、食洗機に皿をセットしていた静恵は、つと手を止める。

が、千羽矢と目を合わせようとはせず、うつむいたままだ。

「……私はこの家の嫁ですから、私の意思など関係ないんですよ。すべてはお義父様とお義母様がお決めになることですから」

それだけ言うと、静恵は台所を出ていってしまった。

――素っ気ないけど、いろいろ庇ってくれるし、どうも先生との結婚に反対してるって雰囲気じゃないんだよなぁ。

人目がないのをいいことに、千羽矢は男らしく腕組みして思案する。

顕彦も静恵と距離を置き、どこかよそよそしいし、やはりこの親子にはなにかすれ違いがあるのではないだろうか?

なにか、二人のわだかまりが少しでも解けるようなきっかけが見つかればいいのだが。

千羽矢は食器を片付けつつ、そんなことを考えていた。


「千羽矢さん、ちょっといい？」

「はい」

珍しく静恵に呼ばれた千羽矢は、初めて彼女の部屋へとお邪魔する。

日常的に着物を着ているだけあって、静恵の部屋には立派な桐の和箪笥《わだんす》が三棹も置かれていた。

「まだ気が早いかもしれないけど、これ、ちょっと合わせてみたらどうかと思って」

と、静恵が箪笥から出してきた、たとう紙を解く。

中から出てきたのは、なんと白無垢だった。

「これは……？」

「天花寺家に代々伝わる、花嫁衣装よ。私も、お義母様から譲り受けたの。私は後添えだから申し訳なかったんだけど、やっぱりこれを着られた時には嬉しかったわ」

と、静恵は過去を懐かしむように微笑む。

「さぁ、ちょっと羽織ってごらんなさい。寸法を見ておきたいから」

「は、はい」

もう着付けができるようになっていた千羽矢は、肌襦袢までは自分でやりますと、一人別室でそそくさと着替えた。

後は静恵に任せ、まな板の上の鯉になる。

「女の子にとって、花嫁衣装は夢ですものね。きっと素敵よ」

てきぱきと着付けてくれながら、静恵がそう話しかけてくる。

——お義母様、こんなに気を遣ってくださってるのに……。

どう頑張っても本物の花嫁にはなれない千羽矢は、ズキリと胸が痛む。

「はい、できた」

最後に綿帽子を被せられ手に扇子を持たされる。

すると、そこへ顕彦がやってきた。

「義母さん、用事ってなんです……か……？」

襖を開けざま、そう言いかけた顕彦は一瞬フリーズし、その直後スマホを取り出してうむを言わさず連写する。

「ね、綺麗でしょう？　まずは花婿さんに見せないと」

「お、お義母様……」

「ああ、なんて美しいんだ……！　よく似合ってるよ、千羽矢」

カメラマンばりに全方向からシャッターを切りまくられ、千羽矢は「恥ずかしいからやめてくださいっ」と悲鳴をあげる。

「千羽矢さんは背が高いから、やっぱりお直しに出した方がいいかしら」

「い、いえ、それはもう少し待ってください。もったいないので……！」

自分に合わせて着物を直そうとする静恵を必死に説得し、どうにか思いとどまらせる。

その後、顕彦が優梨華まで呼び、騒ぎを聞きつけた恒子にも白無垢姿を見られてしまった。

「……ふん、まぁ馬子《まご》にも衣装ですね」

「すごく綺麗よ、千羽矢さん」

「花婿さんとツーショット写真撮らないと。優梨華、シャッター押してくれ」

と、ノリノリの顕彦に肩を抱かれ、また写真を撮られてしまう。

「お祖父様も呼んできて、皆で撮ろうよ」

ついには優梨華がそんなことを言い出し、いつのまにか庭に出て家族写真を撮影するという大がかりなことになってしまった。

庭園をバックに、シャッターは加代に押してもらい、仕事中の寛を除いた一家全員が写真に収まる。

――ああ、賑やかでいいなぁ……。

父を亡くして以来、母と二人暮らしだった千羽矢にとって、それは初めて知る大家族の温かさだった。

あくまで恒子には歓迎されていないものの、千羽矢はこの家での生活に居心地のよさを感じ始めていた。


滞在する日にちが長くなるにつれ、千羽矢もだんだんとこの家での生活に馴染んでくる。

恒子には相変わらず花嫁修業と称してこき使われているが、それも自分が音をあげて逃げ出すのを待っているのだとわかっているので、のらりくらりと躱《かわ》しつつ、のんびりやることにした。

その日、庭の掃き掃除を終えて台所へ戻ると、加代がガスレンジに向かって一人奮戦している。

「加代さん、なにしてるんですか？」

「ええ、シンク周りの油汚れがなかなか落ちなくて」

と、加代は洗剤をつけたスポンジで力任せにガス台を擦っていた。

「あ、ならいい方法がありますよ」

と、千羽矢はキッチンペーパーを取り、それにたっぷり洗剤を染み込ませた。

そして、それをひどい油汚れの上に湿布するように貼り付け、さらにその上からラップを被せて密閉する。

「こうしてしばらく置くと、汚れが浮き上がってくるんですよ」

「へぇ、千羽矢さんは物知りなんですねぇ」

「今清掃のバイトをしてるので、そこで教えてもらったんです」

しばらくしてからキッチンペーパーを剝がしてみると、頑固な油汚れは綺麗に落ちたので、加代は大喜びだ。

それをちらちらと観察していた恒子に、千羽矢が視線を向けると、「掃除はそれなりにできるようね」と言った。

「手が空いたら、蔵の中の片付けもお願いできるかしら。しばらく掃除していないので、大変だと思うけど」

「はい、わかりました」

ちょうど一段落ついたところだったので、千羽矢は快諾し、自室で汚れてもいい軽装に着替えてから母屋から少し離れた蔵へ向かう。

天花寺家の蔵は白漆喰《しっくい》の立派な建物で、かなりの大きさだ。

――おお、お宝が眠ってそう！

蔵は二つあるのでまずは大きい方へ向かい、恒子から預かった鍵で扉を開けて中へ入ると、しばらく閉め切っていたカビ臭い匂いがした。

蔵の内部に造り付けてある棚には、いかにも年代物らしき骨董品や桐の箱がずらりと並んでいる。

「よし、やりますか！」

用意してきたマスクをつけ、バンダナを三角巾代わりに頭に巻くと、エプロン姿の千羽矢はさっそくハタキをかけ始めた。

掃除はまず、上から下へが基本だ。

しばらく掃除をしていないというだけあって大量の埃《ほこり》が舞い上がり、マスク越しでも咳き込んでしまいそうになる。

蔵は二階部分もあるので、とりあえず今日は二階を重点的にやることにした。

するると、そこへ顕彦がふらりと開け放したままの扉から蔵の中へ入り、階段を上がってくる。

「きみ、一人で掃除してるの？」

「はい、お祖母様に頼まれて」

「まったく、嫁いびりもいいとこだな。蔵なんか、久しく放置してたくせに」

「いいんですよ。俺、掃除得意なんで。あ、でも高価な壺とか割らないように気をつけなくちゃ」

手を動かしながら、千羽矢は顕彦を振り返る。

「でも、大事なご先祖様のものが詰まってる蔵に立ち入らせてくれたんだから、嫁候補と認めてきてくれてるんじゃないですか？　だったら嬉しいな」

そこまで言って、千羽矢ははっとする。

――今、俺……本気で喜んでた……？

偽装婚約者は雇われた仕事で、半ばハメられ＆約束の報酬を得るために顕彦の嫁として認められることが条件だ。

だが今、自分は恒子に、顕彦のふさわしい相手と認められたかもしれないということが嬉しかったのだ。

――なにを考えてるんだ、俺は……これはただのお芝居なのに。

矛盾している気持ちに、千羽矢は戸惑いを隠せない。

顕彦はそれに気づかず、蔵の小さな窓から外を眺めている。

「きみは、いまどき珍しい、いいお嫁さん候補だと思うよ。お祖母様も充分それはわかってるけど、認めるのが悔しいのさ」

「先生……」

「懐かしいな。子どもの頃悪戯をして、お祖母様にここに閉じ込められたこともあったんだ」

「いったい、なにをやらかしたんですか？」

「大したことじゃないよ。お祖母様の結城紬《ゆうきつむぎ》の着物を被って、お化けごっこしたくらいで」

「……結城紬って、確か何十万もする高級着物ですよね……」

すっかり着物に詳しくなった千羽矢は、それは叱られるだろうとあきれ顔だ。

「閉じ込められた時、先代の古い蔵書を見つけてね。子どもでも読める、絵巻物みたいなものがたくさんあって、暇だったから懐中電灯の光りでそれを読んでたんだよね。次から自分で率先して、ここで本を読み漁り始めたんで、もう蔵に閉じ込められることはなくなったんだ。お仕置きにならないからってね」

「へぇ、そしたら先生が作家になったのは、この蔵のお陰なんですね」

ここが作家としての顕彦の原点なのかと思うと、なにやら感慨深いものがある。

「エプロン姿もそそるな。蔵に二人きりって、絶好のシチュエーションじゃない？」

「掃除の邪魔とセクハラする人は、追い出しますよ～？」

そう返すと、顕彦は床に置かれていた桐箱を、棚の上に移動させ、整理し始める。

「あれ、手伝ってくれるんですか？」

「早く終わらせて、一緒に散歩に行こう」

「仕事はいいんですか？」

「無粋なことを聞かないでくれ」

「あ～……詰まってるんですね。わかりました、気分転換にお散歩しましょうか」

「ちゃんと仕事をしていると優しいね、きみは」

「なに当たり前のこと言ってるんですか」

と、千羽矢は笑いながらてきぱきと働いた。

ハタキをかけ終わり、とりあえず棚に置いてあるものを整理していると、お揃いの大きな木箱が三つ並んでいるのを見つける。

——あれ、これ……？

蓋がずれていたので、中身が壊れていないかどうか確認すると、中からは意外なものが出てきた。

「先生、ちょっと見てください」

「なに？」

呼ばれて近づいてきた顕彦に、木箱の中身を見せる。

それは、子どもが書いた絵や成績表、それに卒業証書などだった。

木箱にはそれぞれ『顕彦』『幸延』『優梨華』と名前が書かれていて、中身はきっちり個人別に整理、保管されていた。

「これは……またずいぶんと懐かしいものが出てきたね」

子どもの頃に自分が描いたクレヨン画を前に、顕彦は困惑している。

それは母の日に静恵に送ったものらしく、カーネーションと静恵が画用紙いっぱいに描かれていた。

「お義母様、皆さんの思い出の品を、それぞれちゃんと取っておいてくださってるんですね」

兄弟の中で、唯一顕彦だけ静恵と血は繋がっていないが、この木箱を見て、千羽矢は静恵の思いを垣間見たような気がした。

「先生、大事にされてるじゃないですか。もっとお義母様とちゃんと話せばいいのに」

ずっとそう思っていたし、いい機会だったので思い切ってそう言ってみる。

すると顕彦は微笑み、「大人になると、なかなかね」とだけ答えた。

そして木箱を元通りに戻し、さっさと別の場所を片付け始める。

——あ、シャッター下ろされちゃった。

いつもと同じ笑顔でも、千羽矢にはそれが鋭敏に感じ取れた。

この人は大人だから声を荒げたり、不愉快だからといって感情を剝き出しにしたりはしないが、優梨華の言う通り笑顔で他人を寄せつけないところがある。

自分は彼に少しは近い存在になれていたという自惚れがあった千羽矢は、ひやりと背筋に冷たいものを押し当てられたような気がして、なんとなくショックだった。
家族の間のことは、他人が口出しするべきではないのかもしれない。
それはよくわかっているけれど。
――でも……俺は先生にはいつも、心からの笑顔でいてほしいんだ。
自分でも、なぜこんなにお節介を焼いてしまうのかよくわからない。
この気持ちをなんというのか、千羽矢はまだ理解できずにいた。

◇　◇　◇

「今日は僕とデートしない？」

唐突に、顕彦がそんなことを言い出したのは、天気のいいとある朝だった。

「デート、ですか？」

「そう。ここから一番近い都市部っていうか、繁華街まで車で一時間はかかるけど」

蔵でよけいなことを言って気まずくなったことを、千羽矢はひそかに気にしていたが、顕彦の態度はそれ以降もまったく変わらなかったのでほっとする。

「でも俺、お茶のお稽古が……」

本音を言えば行きたいけれど、お茶の稽古をサボると、また恒子の心証が悪くなる。

そう思って断ろうとすると、顕彦は千羽矢の手を摑んで言った。

「もうお祖母様には話をつけてあるよ。さぁ、行こう」

と、なかば強引に屋敷から連れ出される。

今日は源三の車を借りることにしたらしい。

車の値段などよく知らない千羽矢でもかなりの高級車だとわかる内装で、シートの座り心地も格別だ。

顕彦の話では、千羽矢とデートしたいからと頼むと、源三は二つ返事で車を貸してくれたようだ。

「そしたら、お祖父様にお土産買ってこないとですね。あ、ご家族の皆さんはなにがいいかな？」

真剣に悩んでいると、ハンドルを握る顕彦が苦笑する。

「きみ、まだ目的地にすら着いてないのに、もうお土産の心配？　気が早いね」

「言われてみれば、そうですね」

そんな他愛のない話をしていると、車は海沿いの高速道路に入る。

「わぁ……海だ！　綺麗ですね」

実家が海なし県の上、上京してからも海に行く機会がなかった千羽矢は、それだけでテンションが上がってしまう。

「俺、瀬戸内海《せとないかい》見るの初めてかも」

「実家は長野だったね。それじゃせっかくだから、まず海岸へ行こう」

途中、いかにも観光地化しているビーチがあったので、駐車場に車を停め、砂浜へ下りてみる。

サンダルが砂地に沈んで歩きにくかったが、千羽矢にとってはそれすらなんだか楽しい。

顕彦は近くを通りかかった若い女性に声をかけ、スマホで海をバックに二人の写真を撮ってもらった。

「ほら、もっと顔を近づけて。ラブラブな感じに」

と、ぐっと肩を抱き寄せられ、ドキリとしてしまう。

「ど、どうして写真なんか？」

「デートの証拠見せた方が、より信憑性が高まるじゃないか」

「……なるほど」

そんなものかなと思いつつ、千羽矢は言われるまま顕彦と頬をくっつけるようにして、ぎこちない笑顔で写真に収まる。

女性に礼を言って別れ、撮影してもらった写真をチェックすると、顕彦は「きみ、笑顔が硬いなぁ」と感想を漏らした。

「だって、本当の恋人じゃないから、しかたないじゃないですか」

すると、波打ち際を歩きながら顕彦はふいに千羽矢の手を握ってきた。

そのまま、なにごともなかったかのように手を繋いだまま歩き続ける。

「な、なんで手を繋ぐんですか？」

「訓練だよ。あまりぎこちないと、家族に見抜かれるかもしれないからね」

「はぁ……」

「失敬だな、きみ。そこまでユウウツそうな顔をしなくてもいいじゃないか」

「え、俺そんな顔してました？」

本当はなんだかドキドキしてしまったのだが、照れ隠しにそんな軽口を叩きながらも、二人はそのままぶらりと散策を続ける。

最初は緊張したものの、だんだん慣れてきて、千羽矢はこっそりと隣を歩く顕彦の端正な横顔を見つめた。

なにを考えているのかよくわからない、謎思考の人だが、こうして見ると本当にそこいらの芸能人やモデルよりも目立つ美形ぶりだ。

――イケメンでベストセラー作家で、億ション住んでて、しかも実家は地元の名士で大地主とか、チート過ぎだろ……。

こんな優良物件を女性達が放っておくはずがないと思うのだが、当人は飄々《ひょうひょう》としていて結婚する気はないようだ。

世の中って不公平だよなぁ、と我が身と比べついやっかんでしまう千羽矢だ。

「ん？　どうした？　千羽矢」

不意打ちを食らい、彼に名を呼ばれると、思わずドキリとしてしまう。

「……先生のイケメンっぷり、反則です……！」

「なに怒ってるの？」

相変わらず嚙み合わない会話をする二人だが、端から見れば仲睦まじいカップルにしか見えないのだった。

しばらく海辺を散策した後、車で少し走って顕彦は目的の繁華街へと連れていってくれた。

そろそろ昼時だったので、まず顕彦の行きつけだという定食屋へ入る。

「ここ、僕が高校生の頃によく通っていた店なんだ。きみの好物のカツ丼もおいしいよ」

「マジですか」

開業して五十年を超えるという定食屋の店内は、ノスタルジックな雰囲気でお世辞にも今風ではなかったが、大勢の常連客で賑わっている。

幸い、隅の二人席がちょうど空いたのでそこに腰掛けると、厨房にいた白い割烹着姿の女性が血相を変えてやってきた。

「あらまぁ、顕彦くん？　久しぶりねぇ、びっくりしたわよ」

「ご無沙汰してます。女将さんもお元気そうで、なによりです」

これ、東京土産ですと、顕彦は持参してきた菓子折りを差し出す。

「ちょっと、皆！　顕彦くんよ。すっかり有名人になっちゃって。あんた、急いで文房具屋さんに行って、サイン色紙買ってきて！」

「わ、わかった」

と、店内はたちまち顕彦との写真撮影会状態になってしまう。

メニューはカツ丼もあったが、せっかくなので名物の鳴門《なると》のわかめを使った味噌汁と、名産の鯛飯《たいめし》にした。

店主はおまけして、二人の定食を大盛りにしてくれたので、千羽矢は思う存分空腹を満たせてご満悦だ。

店主達に別れを告げ、それから土産物店が密集している商店街をぶらぶらする。

観光客が多いせいか食べ歩きフードが多く、あちこちからいい匂いがしてきて、千羽矢は昼食を食べたばかりだというのについ目移りしてしまう。

「あ、タコの唐揚げだ！　あれは？」

「小魚をすりつぶした、さつま揚げだ」

「へぇ、おいしそう」

催促したつもりはなかったのだが、顕彦はそれらを買って千羽矢に差し出してきた。

「ソフトクリームもあるよ。なんでも、今のうちに食べたいものを食べるといい」

そう言う顕彦を、千羽矢は無言で見上げる。

「なに？」

「どうして俺に、こんなによくしてくれるんですか？」

「おかしいかい？　おなかを空かしてる子に餌付けしたくなるのって、そう特別なことでもないと思うけどね」

そこでふと、千羽矢は先日見た夢のことを思い出した。

「なんか、子どもの頃のこと、思い出しましたよ。前にも俺達にたくさんお菓子くれた人がいて……」

そこまで言いかけ、千羽矢は思わず声を上げる。

「あ、わかった！」

「なにが？」

「どうしてあんな夢を見たのか、わかったんです。先生がジョニーに似てるからだ、きっと」

「ジョニーって、誰？」

話が見えない、といった表情の顕彦に、千羽矢は先日見た夢とジョニーのことを話して聞かせた。

「先生が食べ物をたくさんくれるから、ジョニーに似てるって思って」

　それを聞いた顕彦は、開口一番「そんなのと一緒にしないでほしいな。なにそれ、カンペキ変質者じゃないか」とのたまう。

「そんなことないですよ。ほんとにお菓子くれるだけで、優しいお兄ちゃんだったんですよ？」

「きみ、食べ物をくれるのは皆いい人カテゴリーなんだろ。今までよく無事でいられたものだ。暗がりに連れ込まれたりしなかった？」

「されてませんってば」

やはり大人から見ると、ジョニーの行動は怪しさ満点だったのだろうか。

「カツ丼奢るって言われても、知らない人についていっては駄目だよ？」

「行きませんよ！　人を小学生扱いしないでくださいっ」

んもう、と千羽矢はむくれる。

「冗談だよ。そのジョニーも、寂しかったんじゃないかな。誰かと話をしたかったのかもしれないね」

「先生……？」

そう告げた顗彦の横顔が、なぜかひどく寂しげで。

千羽矢は声をかけづらくなってしまう。

——さっきだって、地元の人達にあんなに歓迎されてたのに、どうして先生は故郷に帰ってきても寂しそうなんだろう？

普段から、顗彦は自分のことはほとんど語らない。

だから千羽矢には、推察することしかできないけれど、彼は天花寺家に自分の居場所はないと感じているような気がした。

「ほんとに綺麗な海だなぁ。先生には、こんな素敵な故郷があっていいですね」

だから、歩きながら敢えてそう言ってみる。

「きみには、ないの？」

「ええ、母方の祖父母は早くに亡くなったし、父も事情があって家族と絶縁してたみたいで、一度も父方の親族に会ったことがないんですよ」

今は母が一人暮らす長野の実家が、自分の故郷ということになるのだろうか、と千羽矢は考える。

詳しいことは聞かされないまま父も亡くなってしまったので、真相は不明のままだが、どんな事情があるにせよ、一度くらい実の祖父母に会ってみたかった。

「若いのに、苦労してるんだな、きみも」

「そうですか？　まぁ、生活費稼ぐために、悪い大人に欺されて女装で花嫁修業させられてるから、そうなのかも」

「まだ根に持ってるの？」

顕彦は、ヤブヘビだったかなと、悪びれもせず笑う。

本当は口で言うほど、彼を恨んでいるわけではない。

破格の報酬を約束してくれているし、なんのかんの言っても顕彦は自分を大切に扱ってくれている。

女装させられるのは問題だが、彼と過ごす時間はそう悪くなかった。

ひと通り食べ歩きを楽しんだ後、二人は近くの浜辺に戻り、砂浜を歩いてみることにする。

「ありがとうございます」

「なにが？」

「今日連れ出してくれたの、またお茶会があるって知ってたからでしょ？　息抜きさせてくれて、ご飯もたくさん食べさせてもらって、嬉しかったです」

一応感謝の気持ちは伝えておかねば、と告げると、顕彦は「お礼なら、キスでいいよ」とまたふざけたセクハラ発言をした。

「そのセクハラ癖さえなければ、いい先生なんですけどね……」

「きみ、完璧な人間なんて、付き合ってもつまらないと思わない？」

「付き合う気はないので、大丈夫です」

「相変わらず、つれないなぁ」

「俺をからかってばかりいないで、本当に婚約者を見つけたらいいじゃないですか」

なにげなくそう返すと、顕彦はなぜかふと無表情な横顔を見せた。

「僕はね、そういうのはいいんだ。当分は独身生活を謳歌《おうか》するよ」

なんとなく、それ以上踏み込んでは聞けない雰囲気で、千羽矢はかける言葉が見つからなかった。

——どうしよう……なんか、ビミョウな雰囲気になっちゃった……。

「こ、これからどうします？」

「きみ、水族館行きたいって言ってたじゃない」

「でも、水族館はどこでもあるし、それよりなにか先生のネタになるような、創作意欲を刺激するようなとこないですかね？　今検索してみますね」

そう言って、スマホを取り出す。

「千羽矢」

「はい？」

名を呼ばれ、なにげなくスマホから視線を上げると、ふいに強い力で抱きしめられていた。

「きみはいつも、優しいね」

「……え？」

一瞬我が身になにが起きたのか理解できず、されるがままの千羽矢に、顕彦の美貌がゆっくりと迫ってくる。

そして唇に、柔らかい感触があり……。

なぜだか、間近に迫った潮騒の音だけがやけに大きく響いて聞こえるような気がした。

キス、されたのだと理解できたのは、しばらく経ってからのことだった。

思わず、硬直したまま放心していると。

「……あれ、怒らないの？」

烈火のごとく怒られるのを覚悟の上だったんだけどなぁ、と言われ、ようやく我に返った千羽矢はかっと頬が熱くなる。

「も、もう知りません……！」

「ごめん、すごく可愛かったから」

だからキスしちゃった、と軽く言われ、千羽矢はむっとする。

「その言い訳で許されたら、ケーサツいりませんよね？」

「セクハラで訴える？」

「べ、別に！　キスくらい大したことじゃないしっ」

本当は生まれて初めてのキスだったけれど、なんとなく癪《しゃく》で『キスなんて何回もしたことあるもんね』的な虚勢を張ってしまう。

「ごめん、反省した。もうきみの同意なしにはしないから」

「……わ、わかればいいんですよ、わかれば……って、今後も同意なんかしませんけどねっ」

「はは、そうか」

それから、顕彦はなにごともなかったかのように再び千羽矢の手を取って歩き出す。

なので、千羽矢も平気なふりをしたが、胸の動悸はしばらく経っても治まらない。

――先生、俺にキスしたこと、後悔してるのかな……？

そう思うと、なんだか胸がモヤモヤする。

いつもの、ただの軽いノリの冗談に決まっているのに、そうでなければいいと願ってしまう、この気持ちは、いったいなんなのだろう？

いくら考えても、千羽矢にはよくわからなかった。

最後のキスのことはともかくとして、総じて顕彦との『デート』は楽しかった。

夕飯は家で摂る約束になっていたので、二人はそれまでに屋敷へ戻る。

「今日は水族館でデートしてきたんだ」

「どれ、見せて見せて！」

夕食の席で、顕彦がスマホで撮影した画像を隣の優梨華に見せた。

「わ、いいなぁ。ここのペンギン可愛いんだよね。私も行きたいな」

「今度一緒に行きましょう」

千羽矢がなにげなくそう言うと、優梨華はふざけて「え〜、私そんなに野暮じゃないよ〜。二人のラブラブデートの邪魔しちゃ悪いじゃない」とからかってきた。

「そ、そんなこと……」

優梨華にからかわれ、千羽矢は耳まで紅くなってしまう。

すると、それを聞いていた恒子が咳払いをした。

「優梨華、食事中にお行儀が悪いですよ？」

「は〜い」

叱られちゃった、と優梨華が千羽矢にだけ見えるように、小さく舌を出してみせる。

とはいえ、恒子にお説教されてもまったくこたえていないところが、実はこの家で一番の大物かもしれないと千羽矢は思う。

「さて、そろそろあなた達が滞在してしばらく経つけれど」

食事が済むと、おもむろに恒子がそう切り出したので、千羽矢はいよいよおいでなすったかと緊張する。

どう考えても、褒められる気はしない。

「千羽矢さん、あなたは総体的にどうも落ち着きがないですね」

「す、すみません……」

確かに自分の振る舞いは恒子の気に入る理想の嫁とはかけ離れている自覚はあったので、千羽矢は思わず首を竦める。

「はっきり言わせていただくと、とてもあなたに当家の嫁は務まるとは思えません。悪いことは言いませんから、身の丈に合ったお相手を探された方があなたのためですよ」

「か、母さん、そんな見も蓋もない……」

温厚な性格の寛が、慌ててそう取りなしてくれるが、座はしんと静まり返っている。

家族全員の前で駄目出しされ、千羽矢はどう返答すべきかと思案した。

――ここで、お祖母様の気に入るようなおべんちゃらを言うのは簡単だけど……。

それでは、駄目な気がする。

なので、千羽矢は思い切って自分の言葉で語ることにした。

「私がなりたいのは、天花寺家の嫁でなくて、顕彦さんの妻です」

この言葉に、家族一同の間にざわめきが走る。

「確かに、私はそそっかしいし落ち着きがないけど、もし顕彦さんの小説が売れなくなって無収入になったとしても、私が働いて顕彦さんを支えるつもりです。一生、そばにいる覚悟です。ご家族以外では、私以上に顕彦さんを大切に思っている人間はいないと自負しています」

もし、自分が本物の女性で、顕彦の婚約者だったとしたら。

きっと、こう啖呵《たんか》を切っていたと思う。

そんな言葉を一気に口走ってしまってから、千羽矢ははっと我に返る。

——ま、まずいっ、言い過ぎたかも……。

これは恒子の怒りの炎に油を注いでしまったのではあるまいか。

内心冷や汗を掻いていると、突然顕彦が声をあげて笑い出した。

「これは傑作だ。千羽矢に一本取られましたね、お祖母様」

「あ、顕彦さん……？」

「どうです？　僕の恋人は最高でしょう？　世界中に自慢して歩きたいくらいだ」

と、顕彦は千羽矢のそばに寄り添い、その肩を抱き寄せてみせる。

「ええと……その……生意気なこと言っちゃって、すみません……！」

まさか、千羽矢が堂々と言い返すとは思っていなかったのだろう。

恒子は鳩が豆鉄砲を食らったような顔で硬直している。

「認められようと認められなかろうと、これは僕の人生です。自分の伴侶は自分で決めさせてください。今、仕事が佳境に入っているので後数日滞在させていただきますが、それが終わったら東京に戻ります」

あっけに取られている一同を前に、顕彦は高らかにそう宣言したのだった。

「……あんなこと言っちゃって、本当によかったんですか？」

夕食の後片付けを終え、また千羽矢はこっそり離れの顕彦の部屋を訪れていた。

締め切りが過ぎているのにまだ脱稿できていない顕彦は、ほとんどの時間を部屋に籠もっているのだ。

「いまどき家がどうこうで伴侶を決めるなんて、ナンセンスだろう。この原稿が終わったら東京に帰ろう。きみにも苦労かけたね」

「いえ、そんな……仕事ですから」

口に出すと、なんとなく寂しさが込み上げてくる。

――東京に帰るのか……。

そうしたら、もうこんな風に顕彦とずっと一緒に暮らす日々も終わる。

そう考えると、なんだか旅行の終わりのような寂しさを感じてしまったのだ。

――なに考えてるんだ、俺は。女装生活から解放されて万々歳じゃないか。

自分に言い聞かせていると、机の上に置かれていた顕彦のスマホが鳴り出す。

が、彼は一向に出ようとしなかった。

「電話、出なくていいんですか？」

「いいんだ。どうせ催促の電話なんだから」

と、顕彦はスマホの画面表示を千羽矢に見せる。

すると、かけてきたのは出版社の担当、林からだった。

「締め切り過ぎてるのに、まだ終わらないんですか？」

「きみ、それは作家に対して禁句だよ。無粋なことを言わないでくれたまえ。締め切りが来たからといって原稿が上がるなら、誰も苦労はしないんだよ。小説というものはだな、作家が全身全霊、魂を振り絞るようにして、ようやく一つの作品が生み出され……」

「力説してる暇があったら、パソコンに向かった方がいいと思うんですけど」

千羽矢のクールな突っ込みに、顕彦は恨めしげにじっと見つめてくる。

「きみには、展開に詰まった僕を、なんとか癒やしてトンネルを抜けさせてやろうという優しさはないのか？　たとえば膝枕とか、膝枕とか、膝枕とか」

「先生がものすごく膝枕してほしいことだけは伝わりましたけど、男の硬い膝でそんなに寝たいものなんですかね」

千羽矢は、その気持ちが理解できずに首を傾げてしまう。

「試しに、膝を提供したまえ」

「膝枕は業務規定外だと思うんだけどなぁ」

ぶつぶつ言いつつも、まぁそんなに言うのなら、と千羽矢は正座する。

すると顕彦はその太ももの上にごろりと横になり、千羽矢の腹に顔を埋めるようにしてその細腰に抱きついた。

すると、また電話が鳴る。

「先生、出るまでかかってくると思うんですけど」

「きみが出てくれ。僕は高熱で入院しているとでも言って、あわよくば締め切りを延ばしてくれるよう交渉してほしい」

「はぁ……」

電話が鳴りやまないので、千羽矢はやむなく代わりに応答する。

『先生、やっと出てくれた！　もう、締め切りはとっくに過ぎてるんですよ？　今回は必ず守るからって約束してたのに、ひどいじゃないですか！』

受話口からは、スピーカーフォンにしなくても林の悲鳴が響き渡った。

千羽矢は、膝の上の顕彦にも聞こえるように近づけたが、彼は聞こえないふりをする。

「すみません、先生は今すごく集中して執筆中なので、俺が代わりに出ました」

嘘である。

ものすごく集中して、膝枕中である。

『あ、千羽矢くん。先生、ほんとに原稿やってる？　金曜の夜までに印刷所に入稿しないと、マジでやばいんですよ。オチるんですよ。先生、その辺のことわかってますよねぇ⁉』

「は、はい、ご本人も必死に頑張ってるので、なんとか……間に合うと思います」

必死に弁明する千羽矢の苦労をよそに、膝の上の暴君は千羽矢の手を取り、自分の頭に乗せる。

どうやら、頭を撫でろという催促らしい。

電話を続けながら、千羽矢はやむなくその髪を撫でてやる。

顕彦の代わりにさんざん頭を下げ、なんとかぎりぎりまで待ってもらう約束を取りつけ、千羽矢は電話を切った。

「ご苦労さま、有能なアシスタントを雇えて、僕はしあわせ者だ」

「もう、締め切り破りの言い訳くらい、自分で考えてくださいよ」

「だってきみ、詰まっている時に金切り声でぎゃ～ぎゃ～騒がれたら、書けるものも書けなくなるじゃないか」

と、顕彦は悪びれもせず、千羽矢の膝の感触を堪能している。

「そうだ、明日優梨華さんと山菜を採りに行くんですよ」

天花寺家所有の裏山には豊富な山菜が生えるらしく、よく採りに行くらしい。

「いいね、僕も行くよ」

「駄目に決まってるでしょ。林さんが憤死しちゃいますよ。先生は大人しく原稿やってください」

「ちぇっ、つまらないなぁ」

「帰ったら、揚げたての山菜の天ぷら食べさせてあげますからね」

顕彦が本当に残念そうだったので、少しかわいそうになり、千羽矢はそっと髪を撫でてやる。

すると、顕彦は下から千羽矢をじっと見上げた。

「……なんです?」

「……いや、別に。可愛いなぁと思って」

と、さらりと言ってくるからこちらの方がどぎまぎしてしまう。

なので、それを誤魔化すために急いで言った。

「そういうセリフより、特別ボーナスとかの方が嬉しいです」

「ちゃっかりしてるね、きみ」

そんな訳で、仕事がある顕彦を残し、千羽矢は優梨華と共に山菜採りへ出かけた。

今日は山登りということで、二人とも日避けの帽子を被り、ラフなシャツにデニム、スニーカーといった出で立ちだ。

一応虫除けも持参するが、毒虫に刺されると怖いので、暑くても長袖を着るようにと優梨華に言われる。

早めの昼食を摂ってから、優梨華の運転する車で天花寺家の所有地である山の麓《ふもと》へ到着する。

「ここら辺一帯がうちの土地なの」

そう言って、優梨華が山を指差す。

詳しくは彼女もよくわかっていないほど、広大な土地を所有しているらしい。

「はぁ……すごいですねぇ」

さすが、大地主と言われるだけのことはあると、千羽矢はあんぐり口を開けてしまう。

「さ、暗くなる前にさっさと摘んじゃいましょうか」

何度も山に入っている優梨華は、山菜がたくさん採れる場所を知っているらしく、迷いのない足取りでひょいひょいと先に登っていく。

千羽矢も必死でその後に続いて、山道を登った。

優梨華に送ってもらった画像をスマホで確認しながら、食べられる山菜を探す。

ウワバミソウやズイキ、クレソンやノビルなど、夏になっても採れる山菜が山ほど生えていた。

「わぁ、すごい！」

これだけ採れれば、顕彦にたくさん食べさせてあげられるだろうと千羽矢はほくほくだ。

夢中になって山菜を摘んでは、持参してきたビニール袋に入れていく。

ビニール袋一杯になった戦利品をリュックにしまい、さて、もうひと踏ん張りとさらに山道を進む。

時間はあっという間に過ぎていき、ふと気づくと夕方近くになっていた。

すると、先に進んでいた優梨華が突然「あっ」と声をあげる。

「どうしたの？」

「イヤリング、落としちゃったみたい。気に入ってたのになぁ」

「どの辺？　捜してみようよ」

と、千羽矢は山菜からイヤリング捜しへと切り替える。

残っている片方を見せてもらうと、小さなプラチナのハート形のイヤリングで、草むらに落ちてしまったら見つけるのは難しそうだ。

「千羽矢くん、もういいよ。そろそろ日が落ちるから、山を下りないと」

「もうちょっとだけ」

確か、優梨華はこちらの方で山菜を探していたなと、千羽矢は木陰も覗き込む。

「あ、あんまりそっちに行くと危ないよ。段差が……」

「え……？」

優梨華を振り返ろうとした時、目の隅にチカリと金属が映る。

「あ、あったよ！」

喜び勇んで踏み出し、手を伸ばしてそれを掴んだ瞬間、突然足下の土が大きく崩れた。

「うわっ！」

なにが起きたのか、すぐには呑み込めなかったが、次の瞬間、強い衝撃と共に千羽矢は背中から地面を転がり落ちていた。

動転しながらなんとか上を見上げるが、どうやら二、三メートルほど上の崖から転落したようだ。

前日の雨で地盤が緩んでいたのか、土が崩れやすくなっていたらしい。

「千羽矢くん、大丈夫⁉」

「う、うん、平気」

格好悪いところを見せてしまった、と千羽矢は急いで立ち上がろうとしたが、左足首に激痛が走り、思わず呻いてしまう。

「どうしたの？」

「ちょっと……足を挫いちゃったみたいだ」

上から優梨華が必死で手を伸ばし、千羽矢を引っ張り上げようとしたが、女性の力では到底無理だった。

「少し休めば歩けると思うから、優梨華さんは先に山を下りて。暗くなると危ないから」

「そんな、千羽矢くんのこと置いて行けないよ」

優梨華はしばらく悩んでいたが、やはり自分一人では無理だと判断したのか、「今から山を下りて顗兄を連れてくる」と言い出した。

「え、いいよ、そんな……先生は原稿が……」

「そんなこと言ってる場合じゃないでしょ。いい？　ここから絶対動かないでね。この辺は電波が入らないからスマホも使えないの」

そう言い残し、優梨華の声は聞こえなくなった。

どうやら、本当に顗彦を呼びに行くために山を下りていったらしい。

——参ったな……先生の仕事の邪魔しちゃうなんて。

そうするうち、左足首の痛みはズキズキと増してきて、靴下を下ろして見ると、ひと回りも腫れ上がってしまっていた。

これでは、仮に顗彦が迎えに来てくれても、歩いて山を下りるのは難しそうだ。

山の日が落ちるのは、あっという間だ。

さきほどまではまだ明るかったのに、見る見るうちに日が沈み、周囲は真っ暗になってしまう。

さすがに一人山奥に取り残され、心細くなった千羽矢はスマホの灯りで周囲を照らしていたが、万が一の時のためにバッテリーを節約せねばと気づいてやめる。

そして、どのみち電話は繋がらないのだから、無駄な心配だったかなと思った。

――猪《いのしし》とか、いないよね？　野犬とか出たらどうしよう……。

なにせ暇なので、ついろくでもないことばかり想像してしまう。

足の痛みと心細さで、永遠のように長く感じられたが、スマホで時間を確認すると、優梨華が下山してからまだ二時間しか経っていなかった。

仮に顕彦がすぐ出発したとしても、ここまで登るのに一時間はかかるだろうし、千羽矢の場所がすぐわかるとも限らない。

すると、くぅ、と腹の虫が鳴り、千羽矢はようやく空腹を思い出す。

既に夕食時だったので、この非常時にも自分の腹時計はかなり正確なのだなと知った。

「はぁ……おなか空いたなぁ……」

軽く山菜を摘みに行くだけだと聞いていたので、リュックにはミネラルウオーター一本とガムしか入っていない。

食い意地の張った自分としたことが、チョコレートの一枚くらいなぜ入れてこなかったのかと後悔してもあとのまつりだ。

とりあえずガムを噛んでみたが、かえって空腹を刺激されてしまってつらい。

と、その時。

「千羽矢……！　いたら返事してくれ……！」

遠くから、かすかに顕彦の声が聞こえてきた。

「こ、ここです！　先生……！」

無我夢中で声を張りあげ、応えると、ややあって崖の上から顕彦が顔を覗かせる。

ライトが眩しかったので、見ると顕彦は額にヘッドライトを装着していた。

「無事か？」

柄にもなく、心細くなってしまったせいだろうか。

一人、暗闇の中の孤独に耐え、ようやく顕彦の顔が見られたことで、ほっとして気が緩んでしまう。

「はい。けど足挫いちゃって、山歩きは無理そうです」

「ちょっと待ってて。今、準備するから」

近くの木の幹に持参してきたロープの一方を結び、顕彦はそれに二つの輪を作って下ろし、千羽矢の腰に巻かせた。

「手を伸ばして。挫いた方の足は、なるべく使わないで」

「は、はい」

それを頼りに、崖の上へと引っ張り上げてもらう。

たった二メートルほどの段差なのにかなり作業は手こずり、なんとか千羽矢が元の場所に引き上げてもらうまでさらに三十分ほどかかった。

終わった時には、二人とも息を切らしていた。

「先生、締め切り破ってるのに、よけいな手間をかけさせてすみません」

申し訳なくて、真っ先にそう謝ると、顕彦が苦笑する。

「きみ、律儀だね。この状況で、まず心配するとこがそこ？」

「だって……」

「いずれにせよ、この暗さで今から山を下りるのは危険だ。きみも歩けなさそうだしね。近くに、昔使っていた山小屋がある。明るくなるまでそこで休もう」

「は、はい」

ようやく顕彦の姿を見る余裕が出て、見上げると、彼は大きめの登山用リュックに登山靴というけっこうな装備だった。

やはり夜の山に入るには、これくらいの準備が必要なのかと思うと、山を甘く見ていた自分を反省する。

顕彦は自分のリュックを千羽矢に背負わせ、軽い千羽矢のリュックを手に持つように指示して自身の背に乗るよう促す。

「え、そんな、いいです。なんとか歩けますから」

「もっと悪化して、明日も歩けなかったらどうするの？　大人しく言うことを聞きなさい」

「……はい」

ぴしりと言われてしまい、千羽矢はおずおず顕彦の首に背中から両手を回してしがみついた。

「よいしょっと」

割と軽々と千羽矢を背負うと、顕彦は夜道を歩き出す。

顕彦の足取りは迷いなく、山道を下っていくと十分もしないうちに小さな小屋の前に到着した。

「こんなに暗いのに、よく道がわかりますね」

「ここは僕の庭のようなものだよ。子どもの頃は山が遊び場だったんだから」

優梨華も日頃山に登り慣れていて、どの辺りで千羽矢が転落したのか正しく位置を伝えてくれたので、すぐ見つけられたようだ。

「優梨華さんにも心配かけちゃって、申し訳ないです……」

「優梨華こそ、自分のせいできみに怪我をさせてしまったと気に病んでいたよ。明日、元気な顔を見せて安心させてやってくれ」

「はい……」

小屋の中はかなり古びていて、何年も使っていない雰囲気だったが、それでも屋根があるだけ野宿するより遙かにマシだった。

「足、見せてごらん」

板の間に千羽矢を座らせると、顕彦は左のスニーカーと靴下を脱がせる。

左足首は熱を持ち、さっきよりさらに腫れ上がっていた。

「あ～、これは盛大に挫いたね。しばらくは安静が必要だな」

言いながら、顕彦は持参してきたリュックから冷感湿布を大量に取り出す。

そして患部に手際よく貼ってくれた。

「夜通し冷やし続ければ、少しは腫れも引くだろう」

「家を出る時に、わざわざ用意してきてくれたんですか？」

まさか湿布を持ってきてくれるとは思っていなかったので、千羽矢はその用意周到さに驚かされる。

「湿布だけじゃない。燃費の悪いきみのために、とりあえずその辺にあった食べ物を適当に摑んで詰めてきたよ」

と、顕彦は次に栄養ドリンクやゼリー飲料、それに菓子パン、チョコレートなど次々と取り出した。

どうやら、重そうな荷物の大半は食料だったようだ。

「わぁ……嬉しい。マジ腹減ってたんですよ」

勧められ、千羽矢は「いただきます」とさっそく菓子パンにかぶりつく。

スポーツ飲料で水分を補給し、甘い炭水化物を摂取するとようやく気分も落ち着いてきた。

顕彦もまだ夕食を摂っていなかったらしく、プロテインバーを囓りながら、リュックからさらに小さなコンロのようなものを取り出す。

どうやらキャンプなどで使う携帯燃料のようで、顕彦はそれでコーヒーまで淹れてくれた。

アルミのマグカップにそれを注いでもらい、ひと口啜《すす》る。

「はぁ……温かいものが胃に入ると落ち着きますね」

さっきまであんなに心細かったのに、今は熱いコーヒーを飲めるなんて、まるで夢のようだ。

「夏になると、よく山でキャンプをしたんだ。次はバーベキューをしに来よう」

「次……？」

これは期間限定の仕事で、自分が顕彦の故郷を訪れることは、もうないはずなのに。

そんな思いで顕彦の顔を見つめると、彼は失言だったと感じたのか、話題を変えた。

「ここに泊まることは皆に伝えてある。明日の正午になっても戻らなかったら、捜索隊を出してもらうように頼んできたから、それまでには戻らないとね」

「……はい」

コーヒーのお代わりをもらい、千羽矢はうつむく。

「先生……迷惑ばっかりかけてごめんなさい」

「またそれか。きみは真面目だな。私が締め切りを破るのは、今に始まったことじゃないんだから、林くんも慣れてるさ」

「林さんの胃炎と毛根が心配です……」

「これで、山で遭難し、山小屋で一夜を過ごした男女に愛が芽生える名作が一本書ければ、お釣りが来るよ」

「わ、その設定、ベタ過ぎません？」

そんな軽口で自分の罪悪感を軽くしてくれる顕彦を、心から優しいと思った。

食べ物を胃に入れて人心地がつくと、顕彦はまたリュックの中から携帯用ブランケットを取り出し、板の間に寝かせた千羽矢にそれをかけてくれた。

「本当に用意がいいんですね」

「うちは災害用避難袋は常に用意してあるんだ。こういう時にすぐ持ち出せて助かったよ。なにごとも準備が肝心だな」

小屋の板の間部分は狭く、大人二人が横になると密着してしまうほどだ。

それがわかっているので、顕彦は千羽矢だけ寝かせ、自分は土間に置いてあった古びた椅子に座っていた。

「明日は早めに出るから、もう寝なさい」

「先生は……？」

「一晩くらいの徹夜は慣れているよ」

「でも……」

このところ、原稿が佳境だったので数日ろくに眠っていないはずだ。

それでは、顕彦の体力が心配だった。

「ここ、詰めれば二人寝られますよ？　ブランケット半分こして、一緒に寝ましょう」

そう提案すると、なぜか顕彦が苦笑する。

「狼になるかもしれない男に、一緒に寝ようと誘うなんて、羊としての自覚がなさ過ぎるよ、きみは。本当に、今までよく無事でいられたものだ」

暗に無防備過ぎると揶揄《やゆ》され、千羽矢はむっとする。

「俺だって、なにも考えてないわけじゃないです。先生は紳士だから言ったんであって、ほかの人には言いません」

「今までさんざん、セクハラされたって怒ってたのに？」

「それは……」

確かにそうだった、と千羽矢はぐっと詰まる。

だが、自分を助けるために仕事を放り出し、山を登って捜しに来てくれた顕彦を、一晩中起こしておくなどできなかった。

千羽矢は左足を使わないように奥へ移動し、手前にスペースを作って、そこをパンと平手で叩いた。

「なにかされたら反撃しますから、横になって身体を休めてください。昨日だって寝てないんでしょ？」

ほら、早くと催促すると、顕彦は「まったくきみには敵わないな」とまた苦笑した。

そして立ち上がり、言われた通り隣に横になる。

千羽矢はその身体に、ブランケットを半分かけてやった。

「こういうのも同衾《どうきん》って言うのかな」

「違うと思いますけど」

肩が触れ合うほどの近距離で、顕彦が仰臥《ぎようが》しているのが不思議な気分だ。

周囲が静か過ぎるので、彼の呼吸する音がよく聞こえる。

こっそり様子を窺ってみると、顕彦はなにかに耐えるように眉間に皺を寄せ、目を閉じていた。

「今、なに考えてるんですか？」

「小説の構想」

「……なら、邪魔しちゃいけないですよね」

いったんはそう引き、千羽矢は自分も目を閉じて眠ろうと努力する。

が、一向に睡魔は訪れない。

しばらくして、もう一度こっそり顔を上げて顕彦を見るが、彼もまた眠ってはいないようだった。

「先生……なんだか眠れないです」

「子守歌でも歌ってほしいの？」

「そうじゃなくて……なにか話してほしいです」

怪我をしたことで、精神的に不安定になってしまっているのだろうか。

なぜだかひどく彼に甘えたい気分になってしまって、ついそんなことを言ってしまう。

「やれやれ、狼に子守歌を要求するのはきみくらいだよ」

「先生、ふざけてるんじゃなくて、本気でその……俺にそういうことしたいんですか？」

ずっと気になっていたので、思い切ってそう尋ねると、顕彦は顔を横に向け、じっと千羽矢を見つめてきた。

「それは、答えに難しい質問だな」

「そうなんですか？」

——それって、どういう意味……？

遊びで寝るくらいの相手ならいいが、面倒そうならやめておく、ということなのだろうか？

——そりゃ、先生はこんなイケメンだしモテまくってるんだから、お相手なんかいくらでもいるんだろうけどさ。

そう考えると、なぜだかツキン、と胸の奥が痛む。

この痛みは、いったいなんなのだろう？

だって自分は彼に雇われただけの身の上だ。

恋人でもなんでもないのに、なのになぜ、こんな気持ちになってしまうのだろう……？

「先生……」

なにか、言ってほしい。

どんな言葉を欲しがっているのか、自分でもよくわからないけれど。

思わず縋るような瞳で見つめると、顕彦も間近でじっと千羽矢を見つめ返してくる。

そして、端正な彼の美貌が接近してきて。

ああ、キスされる。

そうわかっていたけれど、千羽矢は避けられなかった。

これが、顕彦にとってはただの遊びでもかまわないと、そんなことを考えている自分に戸惑いながら。

奥手な上に、生活費のためのバイト三昧な生活のせいで、今まで恋人いない歴＝年齢だった千羽矢には、恋というものがよく理解できない。

この気持ちが、そうなのかさえ、自分で自分の気持ちがわからないのだ。

今はきっと非常事態で、通常ではない精神状態だから、こんな気分になっているのかもしれない。

ゆっくりと顕彦の唇が迫ってきて、千羽矢は思わずぎゅっと目を瞑ってしまう。

が、唇にはなにも触れず、代わりに額に優しい感触があった。

「……？」

薄目を開けてみると、千羽矢の額にキスした顕彦は、元通り隣に仰向けに戻って目を閉じている。

「いい子は、もう寝る時間だよ。おやすみ」

「……おやすみなさい」

てっきり、またキスをされると思ったのに。

昨日は、あんなに軽くキスを仕掛けてきたくせに。

なんとなく釈然としないまま、千羽矢も無理に眠ろうと目を瞑る。

だが、考えるうちに、昨日の戯れの唇へのキスよりも、今日の額へのキスの方がなんだか重いような気がした。

顕彦に口付けられた箇所が、次第にじんじんと熱を持ってきている。

――先生は俺のこと、本当はどう思ってるんだろう?

顔は好みだと何度も言われているので、一、二度遊びで寝るくらいなら……程度の感覚なのだろうか。

顕彦は大人だし、嫌味なくらい女性にモテるのだから、自分みたいな子どもを相手にする必要もないのだろう。

――俺はいったい、先生とどうなりたいんだろう……?

それ以上考えるのがいやで、千羽矢は無理やり思考を停止させた。

遠くで、鳥の囀《さえず》りが聞こえてくる。

炭焼き小屋の窓から眩しいくらいの陽光が差し込んできて、千羽矢は目が覚めた。

しばらく悶々としていたが、いつのまにか眠ってしまったようだ。

ふと気づくと、隣に既に顕彦の姿はなかったので、千羽矢はがばっと跳ね起きる。

「先生？　先生……！」

思わず大声で呼ぶと、ややあって入り口の扉が開き、外から顕彦が入ってきた。

彼の姿を見ると、ほっとして力が抜けてしまう。

「よかった……置いていかれたかと思った」

「まだ寝ぼけてるの？　おはよう。足見せて」

千羽矢が左足を出すと、顕彦は昨晩貼った湿布を剝がし、腫れ具合を確認した。

「うん、一晩冷やしたからだいぶ腫れは引いているね。なんとか歩けるよう、テーピングで固めておくから」

テープを取り出し、器用に足首に巻きつけていく顕彦は、普段とまったく変わりないように見える。

けれど、千羽矢は昨晩のキスでなんとなく、彼との間に見えない壁ができてしまったような気がした。

それから残りの携帯食で簡単な朝食を済ませ、二人はいよいよ山を下りることにする。

「なるべく左に重心をかけないように。僕に体重を預けていいから」

「は、はい」

顕彦に肩を借り、歩き出すと、顕彦は千羽矢の腰に腕を回して支え、歩きやすくしてくれた。

ゆっくり、休み休み山を下り、途中足許が危ないところは顕彦が背負ってくれる。

そんな調子で、普通に下りるより倍以上の時間がかかったが、なんとか昼前には麓に辿り着いた。

「千羽矢くん、お兄ちゃん！　よかった、無事で……！」

電話が通じるところから顕彦が連絡をしておいたので、麓には既に優梨華が車で迎えに来てくれていた。

「優梨華さん、これ」

と、千羽矢はポケットに大切にしまっておいた彼女のイヤリングを差し出す。

「ありがとと。私のせいで大変な目に遭わせちゃって、ほんとにごめんね」

「そんなことないよ。俺がドジだったから足を滑らせちゃっただけで、心配かけてすみませんでした」

そんなやりとりを、傍らで聞いていた顕彦は腕時計で時間を確認する。

「とりあえず、このまま病院へ行こう。まだ午前の診療に間に合うはずだ」

「え、いいですよ。湿布貼ってれば治るし」

「駄目よ、ヒビとか入ってたらどうするの。ちゃんとお医者様に診《み》てもらわなきゃ」

二人にそう主張され、優梨華の運転で、一番近くにある病院へ連れていってもらう。

そこは都会でいえば小規模な病院だったが、この辺りではこれでも一番大きな病院になるらしい。

顕彦が受付を済ませ、優梨華と千羽矢が待合席に座っていると、近くの村人らしき人々の注目を浴びてしまう。

「ほら、あれが天花寺の若様のお嫁さんなんだって」

「へぇ……」

そんなひそひそ話が耳に入ってきて、千羽矢はこんな泥だらけでみっともない格好を見られたら、顕彦に迷惑をかけてしまうと思わず項垂れてしまう。

しばらく待たされ、ようやく診察してもらえたが、千羽矢の保険証を出すと男だとバレてしまうので、治療費は顕彦が全額自費で支払った。

かなりの金額になっただろうと思うと、申し訳なくなる。

「すみません、先生」

「謝るのはこちらの方だよ。仕事中の怪我は、僕の責任でもあるからね。気にしなくていいよ」

――仕事、か……。

その言葉に、なぜか傷ついている自分に千羽矢は気づく。

幸い骨に異常はなかったので、湿布と包帯を巻いてもらい、松葉杖を借りて天花寺家の屋敷へ戻った。

さぞ恒子の雷が落ちるだろうと覚悟していたが、予想に反して恒子は怪我の具合を尋ねただけで、なにも言わなかったので拍子抜けしてしまう。

恐らく優梨華が、自分のせいで千羽矢が怪我をしたと弁明してくれていたからかもしれない。

そして千羽矢が身体を張って持ち帰った山菜は、その晩の夕食になったのだった。


「あ〜暇だ〜〜」

客間の中央にひっくり返り、千羽矢は盛大なため息をつく。

この足では家事も、正座もできないのでお茶のお稽古もできず、恒子からは静養を申し渡されてしまったのだ。

生来働き者の千羽矢にとって、することがなにもないという状況はかなりつらい。

——先生、ちゃんと仕事してるのかな?

暇なので様子を見に行きたいと思ったのだが、ためらわれる。

というのも、山での一件があって以来、なんとなく顕彦に避けられているような気がするからだ。

結局自分が怪我をしてしまったせいで、こちらでの滞在が延びてしまった。

締め切りを放り出して自分を助けに来てくれた顕彦は、戻るとそのまま再び離れで缶詰めになり、三日ほど顔を見ることもできなかった。

ようやく脱稿はしたらしいのだが、それ以降も部屋に籠もりきりで、ろくに外に出てこないのだ。

——次の仕事まで、まだ余裕あるはずなんだけどなぁ。

やはり、自分のせいで原稿が遅れたことに腹を立てているのだろうかと思うと、千羽矢は申し訳ない気持ちでいっぱいになる。

悶々としていると、スマホが鳴ったので起き上がり、急いで応答する。

電話をかけてきたのは、顕彦の担当編集の林だった。

『千羽矢くん、怪我の具合はどう?』

なんとかぎりぎりで締め切りに間に合った林の声は、安堵に包まれている。

「お陰さまで、なんとか。ずっと安静にしてたんで、怪我より退屈で倒れそうです」

『はは、若いね。ところで先生の様子は変わりない? 電話しても出ないんだけど』

「なんか、珍しく真面目に次の原稿をやってるみたいです」

千羽矢がそう報告すると、林はいったん沈黙し、『天変地異の前触れか?』と呟く。

『あの先生が先取りして仕事するなんて、いったいなにがあったんだろう? まぁ、原稿を進めてくれるのはいいことなんだけど、なんだかいつもと様子が違う気がして、気になってね。千羽矢くんは、なにか気づいたことはない?』

どうやら顕彦とまださほど付き合いの長くない林も、彼の微妙な変化を感じ取っているようだ。

「……こないだ、山で迷惑をかけてしまったから、俺のことを怒ってるのかもしれません」

ついそんな弱音を吐いてしまうと、林は即座『それはないない』と一蹴した。

『先生、きみをアシスタントに雇ってから、すごく機嫌よかったんだから。僕も仕事が早くていい子が入ってくれたって喜んでたんだよ？　お願いだから辞めないでね。先生、税金対策にオフィスを株式会社にしてるから、大学卒業したら正社員にしてもらうといいよ』

詳しい事情を知らない林は、そんな暢気なことを言う。

――この先、か……。

今の偽装婚約者の仕事が終わったら、顕彦はきっと自分を解雇するのではないか。

なぜだか、そんな予感がした。

『まぁ、とにかく一応気をつけて様子見てあげてね』

林にそう頼まれ、わかりましたと応じて電話を切る。

――やっぱり先生、忙しいふりして俺のことを避けてるんだ……。

その現実に、ひどく打ちひしがれる。

なんとなく、なんとなくだが、顕彦は千羽矢の気持ちの変化に気づき、距離を置こうとしているような気がする。

――俺、なにか先生の気に障るようなことしちゃったのかな……？

どっぷり、一人で落ち込んでいると。

「千羽矢さん、入っていいかね？」

ふいに廊下からそう声をかけられ、慌てて襖を開けると、廊下に立っていたのは源三だった。

「どら焼きをいただいたんだが、よかったら一緒にどうかね？」

「いただきます！」

二つ返事で快諾すると、源三は加代に頼んで茶を淹れてもらう。

千羽矢の足が楽なように、二人で縁側に腰掛け、三時のお茶とおやつをいただいた。

「わ、大きい栗が入ってる！」

分厚い餡《あん》とふわふわの生地に包まれた中には、大粒の栗がごろりと入っていて、栗が大好きな千羽矢は思わず相好を崩してしまう。

「あ、顕彦さんも栗どら焼きが好物なんですよ？　お祖父様と好みが似てるんですね」

そう言いながらしあわせそうにどら焼きを頬張る千羽矢を、源三はただ黙って眺めていた。

「顕彦は、優しくしてくれるかね？」

突然の問いに、千羽矢は驚きつつ頷く。

「は、はい。よくしていただいてます」

「そうか。顕彦はきみといると、自然体でいられるようだね」

「そう……ですか？」

「顕彦のことを、これからもよろしく頼むよ」

「は、はい、もちろんです！」

普段寡黙な源三がこんなことを言うのはかなり珍しく、彼に嫁として認めてもらえた気がして、千羽矢は嬉しさに高揚しつつ答えた。


「大事な話があるので、夕食後大広間に集まってください」

顕彦が、その日の夕食の席でそう切り出す。

——大事な話って、やっぱり後継者問題のことなのかな。

千羽矢も気づいたくらいなので、天花寺家の人々もそう察したらしく、誰一人異論を唱える者はない。

なので千羽矢は急いで食器を下げ、洗い物を加代に任せてお茶を用意し、家族と共に大広間に向かった。

黒檀の座卓の上座に源三と恒子、そしてその右脇に寛と静恵、反対側に顕彦と優梨華、そして末席に椅子を持参し、お茶を配り終えた千羽矢が座る。

「大事なお話とは、なんなんです？」

「千羽矢の捻挫も落ち着いてきたので、東京へ戻ります」

顕彦がそう切り出すと、恒子がじろりと二人を睥睨した。

「顕彦さん、この人との結婚はともかくとして、こちらへ戻ってくるつもりはあるんですか？　そこのところをはっきりさせてもらいたいのだけれど」

恐らく、恒子が一番問い質《ただ》《と》したかったことをついに口にした。

その言葉に、座がしん、と静まり返る。

皆、顕彦の返事を固唾を呑んで待っている状況だ。

「あなたはこの天花寺家の長男なんですよ？　小説家の仕事はこちらでもできるでしょう。そろそろ本腰を入れて寛から、跡取りとしていろいろ学んでおいた方が……」

「僕は、家を継ぐ気はありません」

恒子の言葉を遮り、顕彦が静かにそう宣言する。

その返事に、家族全員の間にざわめきが走った。

「な、なんですって……？　本気で言っているの？」

「本気です。僕はこの家の後継者として、ふさわしくないと思っているので」

「それは、どういう意味です？」

「言わなくても、お祖母様にはもうおわかりだと思いますが」

自分は寛の前妻の子で、静恵とは血が繋がっていない。

顕彦は、暗にそのことを匂わせる発言をするが、恒子も負けてはいなかった。

「そんなこと、大した問題ではありません。あなたは紛れもない寛の実子なんですから。なにをくだらないことを言っているの」

「……くだらないことなんかじゃない。もうずっと前から、考えていたことです」

すると、たまりかねたように静恵が口を開く。

「顕彦さん、そんなこと言わないで、お祖母様のおっしゃる通りになさい」

「義母さん……」

そんな静恵を悲しげな瞳で見つめた後、顕彦がぽつりと呟く。

「僕の実母は……結婚していたにもかかわらず、ほかに好きな男ができたと言って僕を置いてこの家を出ていった。もしかしたら……僕は父さんの子じゃないかもしれない」

今まで知り得なかった秘密を初めて聞かされ、千羽矢は思わず息を呑む。

だが、同時になぜ顕彦がかたくなに跡継ぎの座を拒み続けるのか、本当の理由をやっと悟った。

――先生、今までずっとそれを引きずって生きてきたんだ……。

家族は皆、それを知っているのだろう。

座はますます、静まり返っている。

が、その沈黙を破ったのは寛だった。

「なにがどうあろうと、おまえは僕の息子だ。それに変わりはないよ」

「父さん……」

「ずっと、気にしていたんだな。おまえにまで重荷を背負わせて悪かった」

前妻との間にはいろいろあったのだろう、寛も苦しげだ。

そこで、千羽矢も思わず足の痛みも忘れて椅子から立ち上がる。

「そ、そうですよ。第一、お義父様と顕彦さん、目許とかそっくりじゃないですか！　こんなによく似ていて、他人の確率なんて天文学的に低いと思います！」

拳を握ってそう力説すると、優梨華も「私もそう思う！　肘突いてぼ〜っと考え事してる時なんか、二人とも癖までそっくりなんだから」と援護射撃してくれた。

よし、この勢いに乗ってと、千羽矢はとにかく思いついたことを口にする。

「こ、この際だから、皆、思ってることを口に出しちゃえばいいじゃないですか。たとえ、それでケンカになったたって、それでもいいじゃないですか」

「千羽矢……」

「私は……家族が母しかいなくて、今は離れて暮らしていてケンカしたくたってできないので、皆さんが羨ましいです。実家にいた頃はテレビのチャンネル権争いとかくだらないことでケンカしてたなって、懐かしくなるんです。家族だからこそ、言いにくいことってあるのかもしれないけど、それでも……言葉に出さなきゃ伝わらないと思うから」

だから、ちゃんと向き合って話をしてほしい。

もう、顕彦に一人で苦しんでほしくない。

千羽矢は切にそう願っていた。

「お義母様」

と、千羽矢は静恵に向かって話しかける。

「すみません、私、蔵の掃除の時に見つけちゃったんです。お義母様は、三人のお子さんの幼稚園や小学校の頃からの絵や作文なんかをすべて保管してますよね？」

「え、ええ……」

それがどうしたのか、と言いたそうに静恵は困惑げだ。

「全部、同じ大きさの箱にそれぞれ分けられていて、大事にしまわれてました。三人まったく同じように、分け隔てなくです。なんでも三人平等にって、心を砕いてらっしゃるのが伝わってきました」

それを見つけた瞬間、普段滅多に自分の意思表示をしない静恵の、本当の気持ちを垣間見たような気がしたのだ。

「お義母様は、本心ではどう思ってらっしゃるんですか？　顕彦さんのためにも、お義母様のお気持ちをはっきり言ってあげてください」

「千羽矢さん……」

「私は他人ですけど、皆さんは家族なんだから、思っていることはちゃんと言葉にして伝えた方がいいと思います」

千羽矢は、赤の他人の自分がよけいな口出しをしてしまったので、叱責を受けるのは覚悟の上だった。

「出過ぎたことを言って、すみません」

立ったまま、その場の全員に向けて深々と頭を下げる。

――これでもう、先生の花嫁候補から完全に外されたよな……。

わかってはいたが、後悔はなかった。

これでお役御免で、顕彦との縁は切れるだろう。

すると、それまで押し黙っていた静恵が、不意に口を開く。

「私は後妻という立場ですし、顕彦さんとはなさぬ仲ですから、自分の気持ちなど出してはならないと、ずっと思ってきました」

「静恵さん……」

「確かに私は義理の母親ですが、我が子二人と顕彦さんを分け隔てなく、自分の子として育ててきたつもりです。私の気持ちとしては、三人のうちの誰が跡継ぎに選ばれたとしても、異存はありません」

「義母さん……」

「顕彦さん、おかしな遠慮はしないでちょうだい。私ももっと……自分の思いを伝えるように、これからは努力しますから」

そう告げると、少し決まりが悪そうに静恵が目を伏せる。

初めて人間らしい感情を見せた彼女の姿に、顕彦も感じるところがあったようで、二人は気恥ずかしそうに照れている様子だった。

——よかった……先生とお義母様の、お互いの気持ちが少しでも通じて。

これで屋敷を追い出されても、思い残すことはないと千羽矢は思った。

「え～っと、なんとなく盛り上がってるところを申し訳ないんだけど、ちょっといい？」

そこで、なりゆきを見守っていた優梨華が元気よく挙手する。

「なんです？　優梨華」

訝しげな恒子に優梨華は立ち上がり、大広間の襖を開ける。

すると、廊下に控えていたらしい人物が室内へと入ってきた。

それは、顕彦達の幼馴染みと紹介された俊介だった。

なぜかスーツ姿で、きちんと正装している。

「俊介くんじゃないの。どうしてここに？」

「ほ、本日はお集まりのところ、突然申し訳ありません。あのですね、その……」

威勢よく闖入《ちんにゅう》してきたはいいものの、俊介はいざ末席に加わり、源三と恒子の前に正座するとしどろもどろだ。

「あ〜もう、焦れったいなぁ。何度も予行練習したでしょ？」

と、優梨華が隣から助け船を出すと、俊介はごめん、と謝る。

そして、ようやく覚悟が決まったのか、彼は一同に向かって深々と頭を下げた。

「実は、優梨華さんとお付き合いさせていただいています。今まで隠していてすみませんでした……！」

「なんですって……⁉」

突然の告白に、一同の間に驚きが走る。

幼馴染み兼弟などと言っていたのに、その実交際していたとは。

「あ、あなた達、いったいいつのまにそんなことに……？」

「一年くらい前かな。俊介に彼女作ってあげるのを協力しようと思ったんだけど、いざその場になったら、なんかすっごくムカムカしてきて、結局邪魔しちゃった。俊介のこと、一番よくわかってるのは私だって自負があったからかも。頼りないとこもあるけど、ここまで面倒見ちゃったんだから、もう乗りかかった船じゃない？」

実にあっけらかんと、優梨華が語る。

そして「まだ言うことあるでしょ」と肘で横の俊介をつつくと、彼は緊張からか青ざめた表情でもう一度がばっと頭を下げた。

「今、皆さんの前で誓います。一生大事にしますから、どうか優梨華さんとの結婚を許してください……！」

「んもう、リハーサルと違うじゃない。あんなに練習したのに」

口ではそう文句を言いながらも、実に真摯なプロポーズに優梨華は嬉しそうだ。

「ま、待ちなさい、俊介くんは今年就職したばかりで、優梨華はまだ大学生でしょう。二人とも若過ぎます。結婚なんて、もっとよく考えて決める一生ものの選択なのですよ？」

恒子が、極めてまっとうに窘めるが。

「それが、そうも言ってられなくなっちゃって」

と、優梨華はなぜかバツが悪そうに付け加える。

「優梨華、あなたまさか……」

静恵がピンときたのか、問い質そうとすると、「うん、出来ちゃった。今、妊娠三ヶ月だって」とさらなる優梨華の爆弾発言に、その場は騒然となった。

「に、妊娠だって⁉　本当なのか⁉」

「うん、病院行ってきたから間違いないわ。私、生みたいの。俊介との赤ちゃん、ちゃんと育てたい。だから私達の結婚をどうか認めてください……！」

「よ、よろしくお願いします……！　結婚妊娠の順番が逆になってしまって申し訳ありませんでした……！」

まさに悲鳴に近い声音で叫び、俊介が三度畳の上に平伏する。

この告白をするにあたり、恒子の厳格さをよく知る彼は、まさに生きた心地がしなかっただろう。

「まったく、あなた達ときたら……年寄りの寿命を縮めるようなことばかり言い出して」

驚きが収まってくると、恒子は額に手を当てて嘆息する。

「ま、まぁ俊介くんのことはよく知った仲だし、見ず知らずの他人に優梨華を嫁にやるよりは僕はほっとしたよ」

静まり返った場を和ませるかのように、普段から大人しい父の寛が珍しく口火を切る。

「俊介くん、優梨華はいろいろ至らないところがあると思うけど、支えてやってくれるかい？」

「は、はい、もちろんです！　一生大切にします！」

俊介は、次に返事を求めるように静恵を見上げる。

すると彼女も、「優梨華の選んだ人なら、私に反対する理由はありません」と答えた。

両親の承諾を取りつけ、いよいよ残すは難攻不落の恒子と源三だ。

二人が祈るような視線を向けると、源三は無言で頷く。

寡黙な彼の了承に、隣の恒子は再びため息をついた。

「私一人反対なんて、できるわけないでしょう。せっかく授かった命なんですから」

「ありがとう、お祖母様！」

感極まった優梨華に抱きつかれ、恒子は目を白黒させる。

「あなたはもうすぐ母親になるんだから、もっと行動に節度と自覚を持って……」

「あ〜もう、今日はめでたい日なんだから、お説教は後々！」

するとそれまで黙ってなりゆきを見守っていた顕彦が、不意に口を開く。

「さて、めでたいついでに、僕からも提案があるんだけど」

「なんです、顕彦。まさかあなた達まで……？」

暗に子どもが出来たのかと問われ、千羽矢は全力でぶんぶんと首を横に振る。

「違いますよ。天花寺家の後継者は僕ではなく、優梨華と俊介くんに任せたいということです」

「顕彦さん……」

「いい加減な僕より、二人の方がずっとこの家を盛り立ててくれるだろうし、それが一番いい選択だと思います」

「わ、私もそう思います……！」

ひょっとして、顕彦は最初からこうするつもりだったのかもしれないと察し、千羽矢は急いで同意する。

どのみち、自分達が結婚して跡を継ぐことなどできないのだから。

「でも……それでは千羽矢さんのせっかくの花嫁修業が……」

この一ヶ月の千羽矢の奮闘を見守ってきた静恵が、困惑げに呟く。

「そんなのかまいません。私、そそっかしくて全然お役に立っていなかったし、元から花嫁失格だったんで」

そうだ、この花嫁修業が必要なくなったのなら、もう自分がこの屋敷にとどまる理由はないのだと気づく。

「長い間、他人の私を置いてくださって、いろいろご指導いただき、本当にありがとうございました」

万感の思いを込め、千羽矢は深々と頭を下げる。

すると。

「他人じゃない」

ふいに、顕彦がそう言い放つ。

「え……？」

「千羽矢は他人じゃないんだ。この天花寺家の、人間なんだよ」

一瞬、彼がなにを言っているのか理解できず、千羽矢は茫然とする。

顕彦は、いったいなにを言い出すのだろうかと、恒子達も困惑気味だ。

「顕彦、それはいったい、どういうことなの？」

すると顕彦は、静かに告げた。

「千羽矢は……天花寺家と縁を切って出ていった、衛《まもる》伯父さんの忘れ形見なんだ」

「なんですって……⁉　衛の……？」

一同の間に、あらたなざわめきが走る。

「衛って……父さんの名前……」

確かに、父の名は衛だが、千羽矢の性は鳴田で、まさかそんなことあり得るはずがないと千羽矢は動揺する。

「ちょっと待ってください。確かに私の父の名は衛ですけど、父からはそんな話は一度も……」

「衛伯父さんは、若い頃にこの家を捨てて東京に出て、そこできみの母親・綾子《あやこ》さんと出会って結婚し、婿養子に入って鳴田の姓を名乗った。もう二度と故郷へは戻らないつもりだったんだろう。自分の実家のことは、息子のきみにも一切話さないまま亡くなったんだろうね」

「まさか、そんな……」

まさに予想だにしていなかった展開に、千羽矢は言葉を失う。

だが、なぜそれを顕彦が知っているのか。

それに気づき、問い質そうとすると、先に恒子が口を開く。

「ちょっと待ちなさい。今、息子と言いましたか？」

恒子の、頼むからもうこれ以上驚かせないでくれと懇願するような視線を受けながらも、顕彦は頷く。

「千羽矢は男の子です。普通に連れてきても、受け入れてもらえるかどうか賭けだったので、僕の花嫁候補という名目にしたんです」

——先生……？

さらに自分が男だと暴露してしまった顕彦に、千羽矢は愕然とさせられた。

「ええっ⁉　千羽矢くん男の子だったの⁉　こんなに可愛いのに？」

なぜか、寛が一番驚いているので、恒子があきれている。

「寛、驚くところはそこではないでしょう」

「す、すみません、つい……。いやぁ、しかしよく女の子として一ヶ月も暮らしたものだ。さぞ大変だっただろう」

「あ、あの……皆さんを欺すようなことになって、申し訳ありません」

長い間彼らを欺き続けてきたのは確かなので、千羽矢は平身低頭で謝るしかない。

「千羽矢は悪くない。千羽矢にも本当のことを話さずに欺して連れてきたのは、僕なんだから」

「でも先生……どうして俺の素性を知ってるんですか？」

一度にいろいろなことが起こり過ぎて混乱していたが、そもそも顕彦との出会いは偶然ではなかったのだろうか？

そのことに、千羽矢はようやく気づく。

「まだちゃんと説明していなかったね。衛伯父さんはお祖母様の連れ子で、天花寺家とは血が繋がっていなかったんだ。そして立場上長男ということになるんだけど、お祖父様の連れ子の、弟である僕の父に家督を継がせるためにこの家を出て、以来音信不通だったんだよ」

「父さんが……？」

ほとんど知らなかった父親の過去が明らかにされ、千羽矢は驚かされるばかりだ。

「そうか……きみが衛兄さんの忘れ形見なんだね」

と、寛は慈愛に満ちた眼差しで千羽矢を見つめる。

「今まで、兄さんの消息を人に頼んで、調べてもらったこともあったんだよ。兄さんはけんもほろろに僕を追い返したけど、懲りずに何度も会いに行って説得したんだ。実家に戻らなくてもいいから、縁を切るなんて言わずに連絡だけでも寄越してほしいって。でも兄さんは、血の繋がらない自分がいない方が、万事うまくいくと考えていたみたいだった」

小さい頃の千羽矢くんにも、一、二度会ってるんだよ、と寛は教えてくれる。

衛は、寛に我が子の名前も教えてくれなかったらしいが。

「寛、あなた……そんなこと今まで一言も……」

初めて聞かされる事実に、恒子が言葉を失っている。

血の繋がらない兄を、寛がそこまで気にかけていたとは思っていなかったらしい。

「なかなか子どもができなくて、やっと千羽矢くんを授かった時には嬉しかったたって言ってたよ。そして、もう自分のことはそっとしておいてくれと、衛兄さんは苦しそうだった。僕のしたことはただのエゴで、彼を苦しめただけなんだと知って、それ以降は衛兄さんに会いに行くのはやめたんだよ。けど、そんなに早く亡くなっていたなら、嫌われてもいいから、しつこく会いに行けばよかった。知らなかったとはいえ、千羽矢くんやお母様の手助けもなにもできず、本当に申し訳なかった」

父親を亡くした後の、千羽矢達母子の苦労を察したのだろう。

寛は深々と頭を下げる。

「そんな、やめてください。そりゃ、決して裕福ではなかったけど、母さんは父さんの分まで、俺のことを大切に育ててくれましたから」

「そうだね。成長したきみを見れば、よくわかるよ。きみが健やかに育ってくれて、本当によかった」

そこで寛は、動揺からうつむいたまま、微動だにしない恒子に声をかける。

「母さん、千羽矢くんになにかかける言葉はないの？」

「……いったい、なにを言えばいいんです？　衛は、この家との縁を絶ち切って出ていったのですよ？」

厳格な恒子としては、まだ過去を許すことができないのだろう。

だが、寛は静かに続ける。

「母さんはこの家に後妻に来て、最初はお姑さんでとても苦労したのは知ってるよ。連れ子のいる後添えなんかもらわなきゃよかったって、よく嫌味言われてたよね」

「寛……」

「だから、連れ子の衛兄さんには、僕以上の素晴らしい人間になってほしくて人一倍厳しかった。

その気持ちが、二人の間にすれ違いを生んでしまったんだと思う。でも、もう衛兄さんはこの世の人ではないんだ。千羽矢くんにはなんの罪もないだろう？」

寛の言葉にも、恒子はかたくなにうつむいたままだ。

理屈ではわかっていても、感情が納得しないのだろう。

それとも、遠い昔の自分の過ちを認めることができないのかもしれない。

すると、それまで無言だった源三が口を開く。

「わしが、恒子に惚れてぜひにと後添えに望んだ。連れ子がいようがいまいが、そんな些末なことはどうでもいいくらいに惚れたからな」

「あなた……」

「恒子が望むなら、この家の当主の座を衛に譲ってもよかった。だが、聡い衛はそれを察し、自ら悪役になってこの屋敷を出ていったのだとわしは思う。そういう、優しい子だった」

源三の言葉からは、血が繋がっていなくても恒子の連れ子である衛への深い愛情が溢れていた。

――ああ、父さんはこの家で皆に愛されてたんだ……。

千羽矢はそう感じられて、胸が熱くなる。

すると、恒子が深々とため息を落とした。

「あの子は、いつも突拍子もないことをしでかすので、私はハラハラさせられてばかり。そういうところが、そっくりですよ。千羽矢さん」

「お祖母様……」

言いかけ、千羽矢は居住まいを正す。

「あの、本当のお祖母様っていう意味で、呼ばせてもらってもいいですか？」

ためらいがちな問いに、恒子はすぐには答えなかった。

やっぱり駄目なのかな、と落胆していると、彼女は着物の袂《たもと》からハンカチを取り出して目許を拭う。

それを見て、顕彦と寛、そして千羽矢は思わず顔を見合わせ、ほっとしたように微笑んだ。

「……勝手になさい。どうせあなたも衛のように、こうと決めたことは曲げない性格なんでしょうからね」

「はい、それじゃ、好きにさせてもらいますね」

なんとなく嬉しくなって千羽矢は歩み寄り、恒子をそっとハグした。

突然孫に抱きしめられた恒子は困惑げだったが、振り払われなかったのでよしとしよう。


大広間を出ると、まだまだ顕彦に聞きたいことが山ほどあった千羽矢は、物言いたげに顕彦を見上げる。

顕彦もそれがわかっているらしく、廊下で二人になったところで父の話を聞かせてくれた。

「衛伯父さんがこの家に来た時は、まだ三歳だったらしい。お祖母様は自分が子連れだという引け目があったのか、衛伯父さんをこの家の一員としてふさわしい人間に育てようと、ことさら厳しく躾けた。それが原因で、お祖母様と衛伯父さんの親子関係はうまくいかなくて、一度はお祖父様の下で働き始めたんだけど、結局お祖母様と大ゲンカして家を出ていったみたいだ」

「父さんが……」

千羽矢の知る父は、いつも穏やかで温厚な人だった。

叱られた記憶も、ほとんどない。

血は繋がっていないはずなのに、顕彦の父と雰囲気がよく似ていると今さら気づく。

「幼い僕には、とても優しい人だったよ。なんとなくだけど、衛伯父さんは自分さえいなければって、いつも思って生きてきたんじゃないかな。本当は優しい人なのに、わざと自分から家を出る口実を作ったんだと思う」

「先生は、父のこと……好きでいてくれたんですね」

彼の口調から、父への深い尊敬や憧憬を感じ、千羽矢は思わずそう聞いてしまったが、顕彦はそれには答えず、少し照れたように曖昧に微笑む。

「綾子さんと出会って結婚して、衛伯父さんはようやく自分の居場所と安らぎを得たんだと思う。願わくば、もっと長生きしてほしかったよ」

「子どもの頃……友達にはお祖父ちゃんやお祖母ちゃんがいるのに、どうして俺にはいないんだろうって、ずっと不思議でした。それでどうしてって父に聞いたら、父は『自分がいけないことをしてしまったから、もう会えないんだ』って言ってました。パパとママに会いたくないのって聞いたら、父はしみじみ『会いたいなぁ……』って言ったんです。子どもだった俺には、会いたいのにどうして会えないのか理解できなかった。会いに行けばいいのにって、不思議でたまらなかった。でもその時の父の顔がすごく悲しそうだったから、もうそのことは聞けなかった。でも、父は決してお祖父様とお祖母様のことを恨んだりはしていなかったと思います。俺は、そう信じてます」

あの時の父の寂しげな表情は、今でも忘れられない。

父が生きている頃に天花寺一家とのわだかまりが解けていたら、どんなによかっただろう。

だが、それは叶わなかった。

今の自分にできるのは、父の代わりに彼らと向き合うことだけだと千羽矢は思った。

その晩、皆が寝静まった後、寝間着の浴衣姿の千羽矢は足音を忍ばせ、離れにある顕彦の部屋へ向かった。

もう寝てしまっただろうかとためらいつつ、そっと襖をノックすると、まるで千羽矢の訪いを見越していたようにすぐ「どうぞ」と応答がある。

恐る恐る中へ入ると、同じく浴衣姿の顕彦は縁側にある籐椅子で本を読んでいた。

そんな彼に千羽矢は歩み寄り、無言で手に持っていたアイスを差し出す。

アイスキャンディーの定番、『ゴリゴリくん』だ。

それは優梨華も好きで冷凍庫に買い置きしてあるのを、頼んで分けてもらったものだった。

「知ってました？　ゴリゴリくんってまだ売ってるんですよ。値段は十数年前の六十円から、七十円に値上がりしちゃったけど」

「ふむ、物価の上昇から鑑みるに、企業努力の賜物だね。会社に惜しみない賛辞を送りたいな」

相変わらず顕彦は惚けているので、千羽矢は憤然と彼の隣の籐椅子に腰掛け、アイスを齧り出す。

そして、一番聞きたかったことを切り出した。

「ジョニー、先生だったんですね」

「思い出しちゃったか。もうすっかり忘れてると思ってたのに、子どもの記憶は侮れないね」

悪びれもせず、顕彦も受け取ったアイスを囓る。

十数年前と、同じように。

そのまま、二人は縁側で夜の庭園を眺めながら、アイスを食べ続ける。

十数年前の、あの日と同じように。

「聞きたいことが山ほどあるって顔だね」

「俺の聞きたいこと、ぜんぶ話してくれるまで、今夜は寝かせませんからね」

「おや、初心な千羽矢くんからそんな色っぽいセリフが聞けるなんて、役得だな」

「茶化さないで。どうしてあの時……名乗ってくれなかったんですか？」

幼かったあの当時、父のいない寂しさと心の隙間を埋めてくれたのは、確かにこの人だった。やっと巡り会えたという思いに、胸がいっぱいになる。

「なぜきみに会いに行ったのか、それは僕の勝手なエゴだったからかな。当時、僕もこの家での居心地の悪さを常に感じていて、つらかった。高校を卒業したら、大学進学を言い訳に家を出られる。そのためだけに東京の大学を選んだ。衛伯父さんは僕が小さい頃、よく遊んでくれたんだ。僕は理知的で優しい彼が大好きだった」

「先生……」

「そんな彼が、ある日突然出ていってしまって、ショックだったな。衛伯父さんは僕を嫌いになったから、置いて行かれたんだってずっと思ってた。大人になって、彼の事情を理解できるようになってからは、会いたくてたまらなかった。今にして思えば、僕は衛伯父さんと自分の境遇を重ねていたのかもしれない」

顕彦自身は、幼い頃から父の血を引いているかどうか確信が持てずにいたらしいので、二人とも家族から距離がある立場という点では確かに似ていたのかもしれない。

「大学進学で東京で一人暮らしするようになってからは、できるだけツテを頼って衛伯父さんの行方を探した。父も同じことをしていたとは、知らなかったよ。で、高校時代の友達をやっと見つけて、ようやく居場所を突き止めた時には、衛伯父さんはもう亡くなった後だった。結局、彼が家を出て以来、一度も会えなかった」

今は淡々とそう語る顕彦だが、当時はさぞ無念だったことだろう。

もっと早く探していれば、と寛と同じ後悔を噛みしめたかもしれない。

「でも、あきらめきれなくて、こっそりきみに会いに行ったんだ。まだ小学生だったけど、きみは可愛くて、衛伯父さんの面影があった。会ってどうなるわけでもないから、名乗るつもりは最初からなかったんだ」

「先生……」

「知っての通り、不審者扱いされてから行きづらくなってしまって、それもいい機会だと思ったので、そのまま姿を消したんだ。でも、会いには行かなかったけど、ストーカーよろしくずっときみの成長を見守っていたよ。中学も、高校も、大学も。どこに通っていたか知っているし、きみの通っている大学からたまたま講演の依頼が来た時は、受けるかどうか迷った」

そう呟き、顕彦はじっと千羽矢を見つめてきた。

「そこで僕は、賭けをした。もし大学できみに偶然出会えたら……その時は是が非でも、きみを家族に引き合わせようとね」

「正確には、講演の前にあの事故で、俺達は出会ったんですね」

千羽矢は、あの事故の時の顕彦の様子を思い出す。

確かに彼は自分の顔を見て、ひどく驚いたような顔をしていた。

それにはこんな理由があったのか、と初めて知らされる。

「ああ、きみの顔を見た瞬間、これはもう運命だと思った。なにはともあれ、一度はきみを家族に会わせたい。たとえどんな形でもね。すまない、これも僕のエゴだった」

「お祖母様達、驚き過ぎて卒倒しそうでしたけどね」

「人生とは、常に驚きに満ちているものなのさ」

と、顕彦は苦笑する。

そして千羽矢は、一番知りたい問いを投げかけた。

「それで……先生にとって、俺は可愛い年の離れた従弟《いとこ》ってだけの存在なんですか？」

「なんて言ってほしいの？」

またはぐらかされ、千羽矢はぎゅっと唇を噛む。

「……先生、意地悪だ。さんざんセクハラ仕掛けておいて、こっちがその気になったら、知らんふりなんて、サイテーサイアクだ……！」

「……きみが可愛くてたまらないのは確かだよ。でも、きみは天花寺家の人間で、僕の従弟だ」

「血も繋がってないじゃないですか。最初はからかってちょっかい出してたけど、手を出したらまずいと思い直したってことですか？　そんなことで怖気づくくらいなら、最初から優しくなんかしないでください」

きっぱりと、千羽矢は顕彦の迷いを一刀両断する。

「なかなかきついことを言うね、きみは」

と、顕彦は苦笑し、右手を伸ばして千羽矢の頬に手を触れてきた。

千羽矢も、びくりと反応するが、逃げずにまっすぐな瞳で彼を見つめ返す。

目を、逸らしたら駄目だ。

繊細なこの人が、また自分から距離を置いてしまう気がしたから。

「せっかく僕から逃げるチャンスをあげたのに」

この人は、ずるい。

こうやって、自分に選択させておいて逃げ道を塞ぐのだ。

「……そんなの、なんかずるいです」

「大人はずるい生き物なんだよ」

そう嘯く顕彦に、千羽矢はぎゅっと唇を噛む。

「……俺だって、もう二十一です。お酒だって飲めるし、もうあの頃の小学生じゃないんですよ？」

この気持ちが恋なのか、自分でもよくわからない。

だから、現実に彼に触れて、その温もりを知って確かめてみたかった。

今まで恋愛に奥手だった自分が、こんな気持ちになるなんて。

「……おいで」

顕彦に誘われ、彼の導くままにベッドに横たえられる。

「こういう時、浴衣は脱がせやすくて便利だね」

「そうですね」

と、顕彦は暢気なものだが、なにもかもが初体験の千羽矢はもうガチガチに緊張していて、返事もうわの空だ。

「後悔はしない？」

「……はい」

そう、これは自分で望んだことだ。

初めての相手が顕彦で、後悔などするはずがないと思った。

「いい覚悟だ」

慣れた手つきではだけられた浴衣が、床に落ちる。

「少し、震えているね。怖い……？」

「そ、そりゃあそうですよ。先生と違って、こっちは若葉マークなんですから」

ついそんな憎まれ口を利いてしまうと、ふっと顕彦が微笑む。

「それは責任重大だ。最悪の思い出にはしない。大切に扱うよ」

そう、たった一度。

多くは望まない、それだけでいい。

今、確かにこの人に恋をしている。

その気持ちに嘘をつきたくないだけなのだから。

たとえ最悪の初体験になったとしても、望むところだと千羽矢は思った。

「ひゃっ……」

顕彦の両手のひらが、高価な美術品を愛でるように千羽矢の全身に触れてくる。

「せ、先生の手つき、エロいっ……」

「だって、エロいことをするんだから、当たり前だろう?」

「そ、それはそうですけど……」

「すぐ、恥ずかしさなんか感じられなくしてあげるよ」

こっちは呼吸するだけでいっぱいいっぱいだというのに、そう嘯く、大人の余裕が少しだけ憎らしい。

「わ、わかりました。こうなったらドンと来い! です」

「きみ、ちょっとヤケクソなところあるだろ」

「だって、こうなるなんて思ってなかったし……っ」

まさか、自分が同性に恋をして、こんなことになるなんて。

人生とはなにが起きるかわからないものだ。

「きみはどうか知らないけど、僕はずっとこうしたかった」

「先生……」

実感の籠もった言葉を吐息に乗せ、顕彦の唇がそっと触れてくる。

初めて双方合意の上で触れた唇は、ゴリゴリくん味だった。

千羽矢はそう思ったが、またムードがないと突っ込まれるので黙っておくことにする。

まずは頬に、そして唇に。

「は……ん……っ」

思う存分千羽矢の唇を堪能した後、首筋から肩口、そして薄い胸へと降りていく。

「山小屋では拷問だったな。なのに、人の気も知らないできみはぐっすりだし」

「そ、そんな今言われても……」

「我慢させられた分だけ、じっくり味わわせてもらうよ。覚悟して」

「……ぁ」

なにもかもが、初めての体験で。

頭の中が真っ白になってしまって、なにも考えられない。

ただ、顕彦から与えられる快楽に喘《あえ》がされるばかりだ。

「先生……っ」

「こういう時は、名前で呼ぶものだよ。千羽矢」

恋しい人に名を呼ばれると、胸がきゅんとした。

なので、千羽矢も小さく「顕彦さん……」と呼ぶ。

「もっと、呼んで。僕の名前」

「顕彦さん……顕彦さ……」

名を呼ぶ度、ご褒美をくれるかのように、顕彦は唇で、舌で、その指先で千羽矢の屹立《きつりつ》を弄び、瞬く間に追い上げていく。

「も……ダメ……っ」

快感に免疫のない身体はあっという間に弾けてしまいそうになるが、その度顕彦に巧みにコントロールされてしまう。

イキたいのに、イケない。

苦しいけれど、甘い。

それはまさに、甘美な拷問だった。

「も……イキた……」

「もう少しだけ我慢して」

たっぷりと唾液を絡めた指先で、顕彦が千羽矢の秘められた蕾《つぼみ》にそっと触れてくる。

つぷ……と慎重に中に入れられると、千羽矢の華奢な身体がびくりと跳ねた。

「大丈夫？」

「ん……」

平気なふりをして、大好きな人の首に両手を回してしがみつく。

今まで誰にも暴かれたことのない箇所に、これから顕彦を迎え入れるのは、さほど知識のない千羽矢も薄々理解していた。

「無理はしなくていい。最後までしなくても……」

お互い興奮しきっているはずなのに、そんなことを言う顕彦の大人の余裕が少し憎らしくなってしまう。

「やだ。絶対最後までする」

なので、まるで駄々っ子のようにそう言い募った。

「後悔しない？」

念押しされ、こくこくと頷く。

すると、顕彦は充分にほぐした蕾からそっと指を引き抜いた。

「……っ」

違和感を堪え、薄目で恐る恐る顕彦の屹立を確認するが、当然ながら指より遥かに太くて大きい。

それを果たして受け入れられるのか、まるで自信はなかったが、ここまで来たらやるしかない。

「力を抜いて」

「ん……っ」

ゆっくりと、千羽矢をあやしながら、宥めながら、顕彦が入ってくる。

想像していた以上の圧迫感に喘ぎ、その首に縋りついて衝撃を耐えた。

「もう少しだから……」

焦れったくなるほどの時間をかけ、顕彦は千羽矢が落ち着くのを待ってから緩く内を突いてきた。

「ぁ……うっ」

受け入れるだけで精一杯だった千羽矢は思わず悲鳴をあげてしまうが、それは痛みではなくもっと別の感覚だった。

「……なに、これ？」

「こうすると、誰でもそうなるらしいから、心配ないよ」

「そうなの……？」

千羽矢の方は、もう息も絶え絶えで、酸欠のようにせわしなく喘ぐばかりだ。

「ごめん、もう手加減してあげられない」

もっともっと、きみが欲しい。

そう耳元で囁かれ、千羽矢は痺れるような幸福感に満たされる。

「いいよ、好きにして」

そう返し、自分も果敢に顕彦にしがみついていく。

「は……ぁ……っ」

力強さを増した律動で、全身がバラバラになってしまいそうだ。

それでも、千羽矢は人生で一番のしあわせを感じていた。

「あ……あぁぁ……！」

なにがどうなったのか、自分でもよくわからず、閉じた瞼《まぶた》の裏に激しく火花が飛び散る。

そして、弛緩。

そのまま千羽矢の意識は、深い闇へと呑み込まれていった。


次に意識が戻ったのは、カーテンの隙間から差し込んでくる陽光の眩しさがきっかけだった。

ゆっくり首を巡らせると、ベッドの隣で顕彦がじっと自分を見つめているのに気づく。

「おはよう」

「お、おはようございます……」

どうやら、ずっと寝顔を見られていたようで恥ずかしい。

日頃、もうすっかり見なれたはずの美貌が鼻先に迫っていると、朝っぱらから心拍数は急上昇だ。

そこで千羽矢は、自分が一糸まとわぬしどけない姿だったことにようやく気づき、大いに慌てた。

「俺のパンツ、どこだ⁉」

昨晩脱ぎ散らかしたままの浴衣と下着を拾ってなんとか身につけ、ベッドから逃げるように距離を置く。

「お、お祖母様に見つかったら大変だから、今のうち自分の部屋に戻りますね」

「千羽矢」

彼の唇で名を呼ばれると、かぁっと頭に血が上ってしまい、訳がわからなくなる。

「だ、大丈夫です……！　付き合ってとか、そういう重いこと言ったりする気ないんで」

清水《きよみず》の舞台から飛び降りたつもりで、一度だけ。

それでいいと最初から決めていた。

だが、一度彼の肌の熱さを知ってしまえば、心はもっともっとと貪欲になっていく。

そんな、図々しいことを思うなんて、と自らを叱咤する。

自分は男で、どう頑張ってもこの人の本当の花嫁にはなれないのだから、そんな過ぎた望みを抱くなんて許されない。

でも、これではっきりわかってしまった。

――俺は、この人のことが好きなんだ……。

初めはセクハラ雇用主に迷惑していたはずなのに、いったいいつのまに、こんなにも大切な人になってしまったのだろう？

一度だけでも、後悔はない。

こんなに誰かを好きになることができたのだから。

「花嫁修業は、もうする必要もないし、俺はもうお役御免ですよね。俺、今日東京へ戻ります」

これ以上、そばにいたらますます別れがつらくなる。

千羽矢はそう決意し、まだベッドの上の顕彦に深々と一礼した。

「今まで雇ってくださって、ありがとうございました。なんか俺、あんまり役に立たなくて、それだけが心残りですけど、先生もどうかお元気で。あんまり林さんをイジメないであげてくださいね」

「千羽矢」

そのまま部屋を出ていこうとする千羽矢を、顕彦が手招きをする。

「え……？」

「いいから、おいで」

いったいなんだろう、と訝しみつつ、彼のいるベッドの方へ戻る。

すると、うむを言わさず腕を摑まれ、彼の膝の上に横座りに抱えられてしまった。

「な……っ⁉」

「さっきから、一人でいったいなんの話をしてるんだ？　一度きりなんて、誰が言ったの？」

「……え？」

「きみが男だろうと女だろうと、僕の伴侶になってもらうよ。僕は最初から、ずっとそのつもりだったんだけどな」

「……え、えええええっ⁉」

思いもよらぬ展開に、千羽矢は思わず悲鳴をあげてしまう。

「後悔はないかって聞いただろう？　あれは一線越えたら、もう二度と離してあげないよって意味だよ」

「わ、わかんないですよ、そんなの……！」

とにかく一気に緊張が解け、千羽矢は彼の腕の中で脱力してしまう。

「はは……ほっとしたら、なんか涙出てきちゃった……」

すると顕彦は、背後から優しく千羽矢を抱きしめた。

「ごめん、もうきみを泣かせるのはベッドの中だけにすると誓うよ」

「……相変わらずセクハラ三昧ですね。つうか、早く服着てくださいっ」

顕彦の素肌に触れると、またドキドキしてしまうので、千羽矢は早口にそう抗議する。

「わかったわかった」

起き上がり、浴衣を羽織る顕彦に、千羽矢は一番聞きたかった質問をしてみた。

「先生、もしかして父さんのことを……？」

千羽矢の言いたいことを察したのか、顕彦が苦笑して首を横に振る。

「違うよ。衛伯父さんに対してはそういう気持ちはない。僕は元々同性に惹かれるタイプじゃないし、きみのことだって、こんなに可愛く感じるのは彼の息子だからだと思ってた。でも、それが誤算だったんだけど」

「先生……」

「実際、こんなに可愛い子がそばにいて、好きになるなって方が無理な話だと思うよ。どうしてきみは、そんなに可愛いの？」

「そ、そんなこと言われても……困ります」

「うん、僕も困ってる。こんなにきみに夢中になるなんて、まさに想定外の事態だ」

浴衣を着付け終えた顕彦は、ベッドの隣に座って千羽矢の細腰を抱いてくる。

「きみは……僕が長年乗り越えられずにいたハードルを、いとも容易くクリアしてしまったね。きみと一緒なら、どんな困難も乗り越えられそうだ。そんな気にさせてくれる」

「先生……」

「きみは僕の、とても大切な人だよ」

てらいもなくそう告げた顕彦は、実に晴れ晴れとした表情だったので、千羽矢も嬉しくなった。

◇　◇　◇

そして、翌日。

二人は出立の荷造りをし、天花寺家の人々に別れの挨拶をした。

「長いこと、お世話になりました。いろいろありがとうございます」

一応持参してきた自前のシャツにデニムと、普段の青年の姿に戻った千羽矢は、玄関先に集まった一同に万感の思いを込め、深々と一礼する。

「また、いつでも遊びに来てね。千羽矢くんはうちの家族の一員なんだから！」

そう優梨華が言ってくれる。

「うん、ありがとう」

「二人とも身体に気をつけて。風邪を引かないようにね。顕彦さんは少し無理をすると、すぐ熱を出すから」

いかにも母親らしい言葉をかけてきたのは、静恵だ。

「お義母さん、それ小学生の頃の話じゃないですか」

「いくつになっても、子どもは子どもなんですよ。素直に、はいとおっしゃい」

「はい、気をつけます」

そう応じる顕彦は、少々照れくさそうだ。

長年のわだかまりが緩和し、二人の笑顔も少しだけ自然に近づいてきたようで、千羽矢も嬉しくなる。

「東京に戻っても、節度を伴った行動をするように。まったくあなた達ときたら、突拍子もないことばかりしでかすんですからね」

恒子は最後まで苦言を呈してきたが、まぁまぁと寛に取りなされた。

最後に、普段は寡黙な源三が、千羽矢に向かって、つと右手を差し出す。

握手を求められているのだとわかり、千羽矢は慌ててその手を握り返した。

千羽矢の手をしっかり握った源三は「顕彦のことを、よろしく頼んだぞ」と告げる。

「はい、任せてください！」

なんとなく感極まって、千羽矢は思わず源三にハグをした。

初めは戸惑っていたものの、源三もやがて千羽矢の背中をポンポンと叩いてくれる。

「うそ、お祖父様がハグしてる……！」

よほど珍しい光景だったのか、優梨華が目を丸くしている。

「皆さん、本当にありがとうございました！」

最後の別れを告げ、二人は優梨華が運転する車に乗り込み、出発した。

静恵達が手を振ってくれているので、千羽矢は窓から身を乗り出し、ぶんぶんと手を振り返す。

彼らと天花寺家が見えなくなると、言いしれぬ寂しさが襲ってきて、目頭が熱くなる。

母しか家族のいなかった千羽矢にとって、天花寺家は初めて触れる大家族の温もりだったのだ。

そんな千羽矢の気持ちを察したのか、顕彦がその肩を抱き寄せる。

「また、いつでも会いに来られるさ」

「……うん」

潤んだ瞳を見られたくなくて、千羽矢はうつむいたまま頷く。

「ふ〜〜アッいアツい！　顕兄達も熱々ねえ」

すると、ハンドルを握る優梨華がそうからかってきたので、千羽矢は思わずフリーズしてしまった。

「ゆ、優梨華さん、今なんて……？」

と、そこへ向かいから来た対向車が、軽くクラクションを鳴らしてくる。

一同が注目すると、それは撫子の車だった。

田舎の一本道でほかに通る車もなかったので、二台はそれぞれ路肩に車を停める。

運転席から降りてきた撫子は後部座席を覗き込み、男の格好に戻っていた千羽矢を見てぎょっとした。

「東京に帰るって聞いたから見送りに来たんだけど……これ、いったいどういうこと？」

「実は……」

かいつまんで事情を説明すると、撫子はあきれた様子でため息をつく。

「どうりでおかしいと思ったのよね。あなた、言動が全然普通の女の子らしくないんだもの」

「今まで欺してて、すみません……」

「でもまぁ、いいわ。顕彦さんを変な女に取られるくらいなら、あなたの方がまだマシだって思うことにするから」

「……え？」

撫子の言葉に、千羽矢は再び硬直する。

すると運転席の優梨華が、なぜか笑い出した。

「やだ、千羽矢くん。二人の関係が知られてないとでも思ったの？　もう、顕兄の『千羽矢くん可愛いオーラ』ダダ漏れなんだもん。大抵の人は気づくよ」

「ええええっ⁉」

「そうよ。乙女の観察眼を見くびらないでほしいわね」

と、撫子も同意している。

「うちの家族も、薄々察してるんじゃないかな。敢えて突っ込まないのは、大人の配慮ってことで」

「そ、そうなんですか？」

それでは、源三や恒子も二人の関係を察していながら、笑顔で送り出してくれたのだろうか？

千羽矢は思わず隣の顕彦を見つめるが、彼も意味深な笑みを浮かべるだけだ。

とりあえず時間が迫っていたので慌ただしく撫子とも別れを告げ、最後に優梨華に見送られながら電車に飛び乗る。

再び行きと同じ長い道のりを戻り、ようやく新幹線のグリーン車に乗り込むとほっとした。

二人掛けの席でやれやれと思っていると、ふいに顕彦が千羽矢と隣り合った肘掛けに自分のサマージャケットをかけてきた。

なにをしているんだろうと不思議に思っていると、ジャケットの下でそっと手を握られる。

ジャケットでそれが見えないようにしたんだと気づき、千羽矢はどぎまぎしてしまった。

「ええっと……護送される犯人と刑事みたいですね」

照れ隠しにそう感想を述べると、「きみ、ムードないね」と顕彦に苦笑された。

「そうだ、今さらですけど跡継ぎ問題のこと、最初から優梨華さんと打ち合わせ済みだったんですね？」

優梨華から事情を聞いていたからこそ、あのタイミングでお相手を闖入させたのではないか。

千羽矢はそう読んでいたのだが、案の定顕彦はあっさり肯定する。

「僕も優梨華から相談された時は驚いたけどね、幸延はあの通り、まったく家を継ぐ気がないし、ちょうどいい機会だと思ったんだ」

「やっぱり。なら、最初から言っておいてくださいよ。めっちゃ気ぃ揉んじゃったじゃないですか」

「だってきみ、思ったことがすぐ顔に出るからね。敵を欺くにはまず味方からってことさ」

確かに単純だという自覚はあるので、事情を知っていたら態度に出てしまったかもしれないと千羽矢はぐぬぬと臍《ほぞ》を噛む。

結局は、まんまと顕彦の手のひらの上で踊らされていたということなのだ。

——でも、丸く収まってよかった。

長年のわだかまりが完全に消えるにはまだかかるだろうが、いずれ時間が解決してくれるだろう。

帰りの新幹線の中で過ごす時間は、長いようであっという間で。

約一ヶ月ぶりの東京駅に降り立ち、二人はタクシーでマンションへと戻った。

帰宅すると、千羽矢は旅装を解く間も惜しんでまず窓を開け、換気をしたり掃除機をかけたりとさっそく働き始める。

「ひと息ついてからにすればいいのに」

「だって、一ヶ月も留守にしてたんですよ？　まずは掃除しないと」

スーツケースの荷ほどきもして、洗濯もしなければ。

忙しく立ち働きながら、千羽矢は雑事で気を紛らわせている自分に気づく。

ずっと一緒だったから、そばにいるのが当たり前になってしまっていたが、これからは今まで通り、ここに通いで働くことになる。

それでも、寂しい気持ちは隠せない。

すると、荷物を解くのを手伝ってくれていた顕彦が言った。

「で？　いつ越してこられる？」

「……え？　どこに、誰がですか？」

「きみがここに、だよ。当たり前のことを聞くね」

と顕彦は、まるでこちらの方が非常識のような口ぶりだ。

「え……先生、俺と一緒に暮らす気なんですか？」

あまりにあっさり言い放つので、本気なのかと一瞬疑ってしまう。

「きみ、ちゃんと聞いてなかったのか？　僕の伴侶はきみだ。一生一緒に暮らそうって意味だったんだけど」

伝わってなかった？　と顕彦が真顔で問い返してくる。

「でで、でも、これから付き合うとかそういう意味だと思って……だって、同居とか伴侶とか、俺達まだその……一回しかしてないのに」

そんな、今後の人生を左右するような、重大なことをこんなに簡単に決めてしまっていいのだろうかと、こちらが心配になるほどだ。

「こんなに僕を夢中にさせた責任は取ってもらわないとね。というわけで、一生僕のそばにいて」

「そ、それって……」

「うん、プロポーズ。先に言っておくけど、イエス以外の返事は受け付けないから、そのつもりでいてね」

と、顕彦は片目を瞑ってみせた。

――まったく、この人には敵わないなぁ……。

その決断力と潔さに、初めの驚きが去ると千羽矢は思わず笑みが込み上げてくる。

「そう言われると、先生の面倒は俺しか見られない気がしてきました」

「うんうん、その通り」

「もしかして、先生が一度引いてみせたのって、駆け引きだったんですか？」

そう質問すると、顕彦はいつもの人の悪い笑みを浮かべた。

「言っただろう？　大人はずるい生き物なんだよ」

「ううっ、くそ、やられた！」

恋愛経験も皆無のくせに、猪突猛進《ちょとつもうしん》で突き進んでしまった自分の言動を思い出すと、千羽矢は穴があったら入りたい気分になる。

「でも、悩んだのは本当だよ。きみの将来を考えるなら、僕なんかと恋仲になるのはマイナスだからね」

「先生……」

顕彦は自分と違って大人なので、熱に浮かされた色恋のその先にある未来を考える。

そして、それは正しいのだろうけれど、千羽矢は首を横に振った。

「マイナスになるかどうかは、俺が決めます。俺、惚れたら一途なんで、今さら逃がしませんからね？」

「千羽矢……」

「なにが起きても、二人でならなんとかなりますって」

千羽矢が、ドンと薄い胸を叩くと顕彦が苦笑する。

「きみのそういう前向きなところに、ベタ惚れだったんだって思い出したよ」

「こういう時、なんて言うんでしたっけ？　え〜っと、不束者ですけど、幾久《いくひさ》しくよろしくお願いします！」

「ずいぶんと元気のいい嫁入りの挨拶だね」

でも、そこがきみらしくていいよ、と顕彦は笑う。

そして歩み寄り、千羽矢をそっと抱きしめた。

「こう見えて、僕は嫉妬深いんだ。きみが今後コンパで女の子と飲みに行ったりしたら、暴れるかも」

「行きませんよ。そんな暇も金もないし」

それは本心からそう思っていたのできっぱり言い切るが、顕彦は「きみにその気がなくても、向こうにあるから心配なんじゃないか」と苦笑した。

「冗談はともかくとして、ここに越してくれれば家賃も浮くし、奨学金の返済も楽になる。きみにも男としての矜持はあるだろうが、それはいったん置いておいて、今は大人しく僕に庇護されなさい」

「先生……」

「同居にあたって、ルールを決めないとね。きみには今まで通りアシスタントの仕事を続けてほしいが、家事はできるだけ分担するよう努力するよ。こう見えて、僕は料理上手なんだ」

「わぁ、先生の手料理、また食べてみたいです」

ワクワクしていると、なにを思ったのか顕彦が唇にちゅっと啄むようなキスを仕掛けてくる。

「ななな、なんですか？」

「顕彦さん、だろう？　それに、いつまで僕に敬語を使うつもり？」

「だって……急に変えるのって難しいから」

とはいえ、それもそうだと思い、千羽矢は続ける。

「本当に……俺で、いいの？」

「愚問だね。一日も早く、ここに越しておいで」

これからは僕がきみの家族だ、と顕彦は言ってくれた。

「故郷のお母様にも、一度ご挨拶に行かないとね。うちの実家の話もしたいし」

「……うん」

自分も母に、天花寺家の人々の話を聞かせたい。

新しくできた、家族のことを。

そして今、こんなにもしあわせだということを。

言いたいことは山ほどあったけれど、なんだか胸が詰まってしまって、うまく言葉にならず千羽矢はただ頷く。

だが、この気持ちをなんとか伝えたいと思い、やっとのことで「顕彦さん、大好き……」とか細い声で告げる。

すると顕彦は、世にも嬉しそうに微笑んだのだった。

こんにちは、真船《まふね》です。

今回は、天然イケメンセレブ攻め様×へこたれないハラヘリ受けくんのラブストーリーとなりました。

ふと気づくと、どのシーンでも、もりもりごはんを食べている千羽矢《ちはや》の姿が（笑）

細いのに、いっぱい食べる子が好きです。

顕彦《あきひこ》も料理上手なので、彼においしいお料理をたくさん作ってもらって、この先もきっと二人は楽しく暮らしていくことでしょう。

今回、眩しいほどに麗しいイラストを描いてくださった、壱也《いちや》様。
初めてお仕事ご一緒させていただけて、とても嬉しかったです。
表紙が特にお気に入りで、白無垢の千羽矢の可愛さとわんぱくさにもうメロメロになりました♡
こんなにキュートなら、顕彦も餌付けしたくなるよねと！（笑）
この場をお借りして、厚く御礼申し上げます。

あとがき

お忙しい中、まさにイメージ通りの素敵な顕彦と千羽矢を、本当にありがとうございました！

そして、いつもながら担当様とスタッフの方々にも大変お世話になりました。

なにより、この本を手に取ってくださった皆様に心からの感謝を捧げます。

できましたら、次作も読んでいただけたらこれに勝る喜びはありません。

それではまた、次にお会いできる日を心待ちにしております！

真船るのあ

CROSS NOVELS既刊好評発売中

加賀見家のルール
うれしいのハグ制定です！

加賀見さんちの花嫁くん

真船るのあ　Illust 鈴倉 温

「きみ、その子を捕まえてくれ!」

奏汰は芸能人張りのイケメンから逃げ出した幼児を咄嗟に抱きとめた。

聞けば二人は共に暮らし始めたばかりの叔父・加賀見晧一郎と甥の晴。

すっかり晴に懐かれた奏汰は、子育てに苦戦する彼に頼まれ、住み込みでシッターをすることに。不器用な二人のため、温かい家庭作りに奮闘する奏汰。そんな愛情いっぱいの日々は、晴だけでなくやがて晧一郎の心も満たしていき——!?

突然子持ちの御曹司×就活中のフリーター　三人家族、はじめます♡

CROSS NOVELS既刊好評発売中

可憐なメイド男子の運命やいかに!?

メイド花嫁を召し上がれ

真船るのあ

Illust テクノサマタ

三ヶ月以内に、ある男を誘惑して結婚にこぎつけてほしい――

それが、小劇団で女装して舞台に立つ折原真陽にもちかけられた奇妙な依頼だった。やむを得ぬ事情からそれを引き受け、真陽はターゲットである大手製薬会社の御曹司・三ノ宮遙尚の屋敷にメイドとして住み込むことに。

イケメンだが無愛想で仕事人間の遙尚に、彼を騙す罪悪感からまずはまともな食事を摂ってもらおうと奮闘する真陽。一筋縄ではいかない遙尚とのバトルを繰り返すうちに、二人の心は徐々に通い始めるけれど……。

ちょっと辛口&スイートな恋のスペシャリテはいかが?

CROSS NOVELS既刊好評発売中

今度の花嫁は、秘密がいっぱい♡

花嫁は秘密のナニー

真船るのあ

Illust 緒田涼歌

島で暮らし、亡くなった姉に代わり男手一つで甥っ子・宙を育てている碧。可愛い盛りの宙の成長だけが楽しみだったが、ある日突然現れたセレブ・崇佑が宙の叔父を名乗り、屋敷に引き取ると宣言する。

同行は許されなかったが、どうしても宙のそばにいたいと願う碧は、なんと女装して別人になりすまし、教育係(ナニー)に立候補!!　なんとか採用され、碧は慣れない女装と環境にとまどいながらも奮闘、宙を守り抜く。寡黙な崇佑との距離も次第に近づいてきた頃、突然キスされ、恋人役を演じてくれと迫られて……!?

不器用セレブ×女装花嫁×ちびっこ=ラブラブ♡

CROSS NOVELSをお買い上げいただき
ありがとうございます。
この本を読んだご意見・ご感想をお寄せください。
〒110-8625
東京都台東区東上野2-8-7　笠倉出版社
CROSS NOVELS 編集部
「真船るのあ先生」係／「壱也先生」係

CROSS NOVELS

うちの花嫁が可愛すぎて困る

著者
真船るのあ

2018年6月23日　初版発行　検印廃止

発行者　笠倉伸夫
発行所　株式会社　笠倉出版社
〒110-8625　東京都台東区東上野2-8-7　笠倉ビル
[営業]TEL　0120-984-164
FAX　03-4355-1109
[編集]TEL　03-4355-1103
FAX　03-5846-3493
http://www.kasakura.co.jp/
振替口座　00130-9-75686
印刷　株式会社　光邦
装丁　磯部亜希
ISBN　978-4-7730-8885-4
Printed in Japan

CROSS NOVELS